KB237122

무정철협

월인 新무협 판타지 소설

FANTASTIC ORIENTAL HEROES

무정철협 3

월인 新무협 판타지 소설

초판 1쇄 찍은 날 § 2013년 2월 4일
초판 1쇄 펴낸 날 § 2013년 2월 12일

지은이 § 월인
펴낸이 § 서경석

편집부장 § 권태완
편집책임 § 박우진

펴낸곳 § 도서출판 청어람
등록번호 § 제1081-1-89호
등록일자 § 1999. 5. 31
어람번호 § 제2-2305호

주소 § 경기도 부천시 원미구 심곡2동 163-2 서경B/D 3F (우) 420-822
전화 § 032-656-4452 팩스 § 032-656-4453
http://www.chungeoram.com
E-mail § chungeorambook@daum.net

ⓒ 월인, 2013

ISBN 978-89-251-3168-9 04810
ISBN 978-89-251-3131-3 (세트)

무정철협
無情鐵俠
월인 新무협 판타지 소설
FANTASTIC ORIENTAL HEROES
3
출관(出官)
도서출판 청어람

目次

제三十七章
살막(殺幕)

“청해마검 한조산이 오룡회의 일원이라고?”

밀랍을 칠한 듯한 얼굴을 한 사내가 눈살을 찌푸리며 목소리를 높였다.

외모는 분명 남자인데 화장을 한 얼굴이나, 잘 다듬어진 손톱은 여인의 그것들과 흡사했다. 또 끝이 갈라지는 음성 역시 여인의 특성을 드러내기도 했다.

사내는 동창의 두 첩형 중 한 명인 동초기(同招技)였다.

동창의 편제상 제독태감을 비롯하여 두 첩형까지 모두 환관이 맡고 있기에 그 역시 환관이었다. 그래서 남자이면서도 여러 곳에서 여인의 특성이 드러나고 있는 것이다.

"그렇습니다. 양신호의 뱃속에서 나온 암어에는 분명히 그렇게 적혀 있었습니다."

동창 특유의 복장을 한 사내가 고개를 숙이며 답했다.

그는 동창의 일백 당두 중 서열 사 위의 손종문(孫宗紋)으로 동창 내부에서 정보의 수집과 분석에 관한 업무를 맡고 있었다. 그래서인지 밖으로 나돌며 활동하는 당두나 번역들에 비해 훨씬 부드럽고 유생 같은 분위기를 풍기고 있었다.

그러나 언뜻 언뜻 비치는 형형한 눈빛은 그가 절대로 만만한 인간이 아니라는 느낌을 고스란히 드러내 주었다.

만약 검을 들고 밖으로 나간다면 그 역시 당장 비정하고 날카로운 동창의 당두로 이름을 날릴 것 같았다.

"십 년도 넘게 종적이 사라졌던 청해마검이 오룡회에서 불쑥 나타나다니…… 납득이 안 가는 일이군."

동초기가 찌푸린 눈살을 풀지 않고 연신 고개를 갸웃거렸다.

오룡회는 자신들의 비밀 조직인 단심맹(丹心盟)에 대처하기 위해 얼마 전 급히 만들어진 조직이다. 때문에 아직은 체계도 어설펐고 제대로 된 고수도 없었다. 그런데 절대고수인 청해마검이 그 조직을 일원이란 말인가?

동초기는 뇌리가 온통 헝클어지는 기분이었다.

작년 초에 즉위한 당금 황제는 말년까지 황음을 일삼던 전대 황제와는 달리 대쪽같이 곧은 성격이었다.

그런 황제는 백성들에게는 최상이겠지만 탐관오리들에게
는 최악이다.

그중에서도 가장 최악으로 느끼는 사람은 바로 사례태감
요공공(妖公公)이었다.

멍청하고도 탐욕스런 전 황제의 곁에서 온갖 감언이설과
음란한 짓거리를 제공하여 공공야(公公爺)라는 칭호까지 얻
은 그는 그야말로 일인지하 만인지상의 권력을 누렸다.

어떤 고관대작도 그의 말 한마디면 하루아침에 죄인이 되
어 육친구족을 멸하는 벌이 내려졌다. 심지어는 황실의 종친
들조차도 대역죄인으로 몰려 목이 떨어지는 경우가 허다했
다.

그러니 그 시절 제국의 실제적인 황제는 요공공이었다.

아편과 황음에 빠진 황제에게는 아편이 든 곰방대 하나와
나삼을 입은 미희 몇 명을 제공해 주는 대신 요공공은 황제의
모든 권력을 위임받았다.

그 권력으로 요공공은 하루에도 수십 명의 목을 붙였다 떨
어뜨렸다 하며 절대권력을 누렸다.

그런데 권불십년이란 말이 있듯이 영원할 것 같았던 그의
권력도 황제의 죽음과 함께 뿌리째 흔들리고 있었다.

전 황제의 뒤를 이은 현재의 황제는 이십대의 젊은 청년이
었다.

그는 아버지의 피를 이어받지 않았는지 외모에서부터 성

격까지 부친을 하나도 닮지 않았다.

닮지 않았을 뿐만 아니라 오히려 정반대였다.

아부를 일삼는 신하는 뱀 보듯 싫어했고, 직언을 서슴지 않는 신하에게는 봄바람처럼 부드러웠다.

자연 탐관오리들은 새로운 황제 곁에서 하나둘씩 떨어져 나가고 탐관오리들의 대부격인 요공공의 입지는 급격히 줄어들었다.

인생 최대의 위기를 맞은 요공공은 당연히 발버둥을 칠 수밖에 없었다.

평생을 탐관오리로 살아온 그가 갑자기 만고충신으로 변할 수도 없는 일이니 절이 싫으면 중이 떠나야 할 때였다.

그러나 요공공은 그 격언을 정반대로 해석하고 중에게 맞지 않는 절을 아예 불태울 계획을 세웠다.

그리하여 은밀하게 조직된 것이 단심맹이었다.

단심맹은 그야말로 황제의 곁에서 하나둘 떨어져 나온 탐관오리들의 집합체였다.

그들은 요공공과 똑같은 위기의식을 느끼고 있던 터인지라 요공공의 단심맹 입단 제의에 쌍수를 들어 찬성했고 입단하자마자 자신들이 더 적극적으로 활동하기 시작했다.

그중에는 동창의 수장인 제독동창, 즉 제독태감인 기종위(基宗爲)도 포함되어 있었다.

원래 탐관오리들의 결집력은 충신들의 그것보다 훨씬 강

하다.

단심맹은 사상 최대의 결집력을 보이며 은밀하고도 신속하게 그 세를 불려 나갔다. 조금만 더 세가 불어나면 절을 불태우든지 무너뜨릴 수가 있었다.

그러나 꼬리가 길면 밟히는 법!

단심맹의 존재를 감지한 당금 황제는 그들에 대응하기 위해 극비리에 종친 중에서도 가장 가까운 사람들에게 지시하여 오룡회를 만들었다.

너무 급하게, 그리고 요공공의 눈을 속이며 극비리에 만든 조직이기에 그 조직은 지극히 제한적이고 힘 역시 아직은 미약할 수밖에 없었다. 그나마 그것마저도 얼마 지나지 않아 동창의 모든 힘을 한 손에 쥐고 있는 기종위의 촉수에 걸려들고 말았다.

당연히 보이지 않는 압박이 시작되어 오룡회는 지리멸렬할 입장이었다.

그것이 동초기의 판단이었는데 십 년 동안 종적이 사라졌던 청해마검이 오룡회의 인물이었단 말이다.

청해마검 같은 자를 끌어들일 정도라면 그와 비슷한 다른 인물도 끌어들일 수 있다는 말이다.

청해마검이라면 동창의 전력 반을 투입해야 상대가 가능한 절대고수이다.

그런 사람이 오룡회에 한 명만 더 있다면 동창의 인원 전부를 투입해야 한다.

동창을 완전히 장악한다고 해도 힘든 일인데 동창이 모두 요공공의 편만은 아니다.

그동안 오룡회의 은밀한 활동으로 동창 내에서도 요공공에 반목하는 세력들이 생겼고 중립을 지키는 이들도 다수 있다.

자신과 함께 또다른 첩형인 위정곽(爲貞郭)은 서장으로 나가 반년 후에나 돌아올 것이니 변수에서 제외하더라도 일당두 차모강(車募鋼)이 대표적인 반대파이고, 이당두와 삼당두는 중립을 지킬 자들이다.

그들은 공식적인 일에는 요공공이나 자신의 지시를 따르겠지만 절에 불을 지르는 등의 극단적인 지시에는 적극적으로 반기를 들 가능성이 높다. 그 외 다른 당두들은 반반으로 나뉠 것이다.

그런 상태이니 청해마검 같은 고수가 하나 더 있으면 요공공이 추진하는 일은 심각한 타격을 입게 될 것이다.

청해마검이 오룡회의 인원이란 정보가 확실하다면 계획은 크게 수정하든지 전면 재작성해야 한다.

"썩어도 준치라더니 오룡회…… 예상외로 발 빠르게 움직였군."

동초기는 침음성을 흘렸다.

"물건들은?"

골머리를 앓던 동초기는 일단 급한 불부터 꺼려는 듯 질문을 던졌다.

"현재 모든 수송을 중지시키고 은밀히 보관만 하고 있습니다."

손종문이 조심스런 목소리로 답했다.

동초기가 질문을 던진 물건들이란 화기와 앵속이다.

절을 불태우기 위해 가장 필요한 물건들이었다. 그런데 그것의 수송로 한 곳이 청해마검에게 발각되었다. 또한 그 사실을 알아차리고 살인멸구를 하러 간 부하들이 몰살당했다.

다행히 신속하게 물건들을 빼돌려 청해마검 손에 증거가 잡히는 위험은 모면했지만 청해마검이 설치는 이상 절대로 안심할 수 없다.

"다른 운송로에서는 문제가 없는가?"

동초기는 다시 질문을 던졌다.

"다른 곳에서는 별다른 위험요소가 감지되지 않았습니다."

"놈들이 한 곳이라도 파악한 이상, 증거품을 입수하기 위해 혈안이 될 것이다. 그러니 최대한 조심을 하도록 시키게."

"물론입니다!"

손종문이 걱정 말라는 듯 확실한 목소리로 답했다.

'음!'

손종문에게 단호한 지시를 내린 동초기는 신음을 삼키며

생각에 잠겼다.

운송의 중단으로 당장 열흘 이상의 차질이 생겼다.

또한 당두 세 명과 번역 서른 명을 잃었다. 그것 역시 막대한 타격이다.

동창의 번역들이야 천명이나 되니 별 표시가 안 나지만 오당두 양신호와 구당두 송치격, 십오당두 조염을 잃은 것은 큰 손실이다.

당장 그 자리를 대신 할 자들을 물색해야 하고, 차후 다른 사람들이 납득할 만한 조서를 꾸며 사망사실도 공표해야 한다.

동창의 특성상 비밀스런 임무가 많다보니 쥐도 새도 모르게 사라지는 경우도 종종 일어났다. 이번 일도 그런 차원에서 임무 중 사고사로 꾸미는 것이 불가능한 일은 아니지만 누군가 의심을 품고 파고들면 엉뚱한 곳에서 비밀이 새어 나갈 수도 있다.

하지만 그건 나중일이고 우선은 청해마검부터 처리해야 한다.

"살막(殺幕)과는 아직 끈이 닿는가?"

한동안 지그시 눈을 감고 생각에 잠겼던 동초기가 번쩍 눈을 뜨며 물었다.

"살막… 이라 하셨습니까?"

손종문이 긴장된 표정으로 반문했다.

“언제부터 되묻는 습관이 생겼나?”

동초기의 눈에 냉기가 어렸다.

“죄송합니다. 하도 오랜만에 듣는 이름이기에……. 어쨌든 끈 한가닥은 남겨 놓았습니다.”

손종문이 얼른 고개를 숙인 후 답했다.

“그럴 줄 알았네. 지금 당장 그 끈을 잡아당기도록 하게.”

“알겠습니다.”

손종문이 깊이 허리를 숙인 후 실내를 벗어났다.

*　　　*　　　*

춘절이 지나고 해가 바뀌었다.

새해를 축복이라도 하듯 함박눈이 온 세상을 덮어 순백의 세상을 만들었다.

휘이잉—

바람 한줄기가 잣나무 가지를 세차게 흔들며 지나갔다.

가지 위에 쌓인 눈이 심술궂은 바람에 불평을 터뜨리며 떨어져 내렸다.

툭!

떨어진 눈 덩어리는 바닥에 쌓인 눈과 합류하지 못하고 소년의 머리 위에 얹혔다.

휘잉—

다시 바람 한줄기가 지나가며 좀 전과 마찬가지로 눈덩이들을 우수수 떨어뜨렸다.

이번에는 그 양이 훨씬 많았다.

그래서 소년의 머리 위에는 물론, 소년이 앉은 자리 옆으로도 쌓였다.

이미 그런 상황이 여러 번 반복되었는지 가부좌를 틀고 앉은 소년의 신형을 의지한 채 눈은 돌탑처럼 쌓여갔다.

소년의 머리와 어깨 위에도 눈은 소복이 쌓여 몇 번만 더 떨어져 내리면 소년은 그 자리에서 눈사람이 될 것 같았다.

거의 눈에 파묻히다시피 하면서도 이한성은 미동도 않고 운기조식에 매달렸다.

처음에는 호흡으로만 다가왔던 것이 하정욱을 통해 기를 느끼고, 축적하는 것이라 깨우쳤고 한조산을 통해 심법을 익히는 단계에 이르렀다.

기를 느끼고 정해진 혈을 따라 의념대로 운기하는 단계를 넘어서자 한조산은 현천검문의 독문심법인 현천심공의 구결을 가르쳐 주고 호흡을 의념대로 이끄는 것은 물론 심법의 구결에 일치시키게 했다.

하정욱에게서 배운, '의'로서 '기'를 이끌고 그 기의 운행을 심법구결과 일치시키며 완전한 운기행공을 하고 있는 것이다.

후두둑—

다시 눈덩어리들이 쏟아져 내렸다.

이제 이한성의 몸은 삼분지 이 이상이 눈에 덮였다.

'아예 파묻히고 말겠군.'

열 걸음 정도 떨어진 바위위에 앉아 이한성을 지켜보고 있던 한조산은 속으로 혀를 내둘렀다.

겨우 열네 살, 아니, 이제 열다섯인가?

고래 힘줄보다 더 질긴 끈기는 절대로 열다섯 소년의 것이 아니었다.

그간 이한성을 가르치며 매번 이렇게 혀를 내둘렀기에 혀가 닳아서 짧아지지나 않을까 걱정될 정도였다.

정수리에 생긴 눈으로 호흡의 흐름을 보고 익히기에 속도도 남들보다 열 배는 더 빨랐다. 그에 더해 지독한 끈기와 아랫배에 웅크린 기운의 도움으로 하루하루 괴물의 성장을 보는 느낌이었다.

"후우 "

지켜보다가 무료함을 느낀 한조산은 곰방대에 불을 피워 연기를 뿜었다.

아른거리는 연기 속에서 아들 종천의 모습이 떠올랐다.

이한성과 같이 다니며 이젠 시도 때도 없이 떠오르는 얼굴이었다.

예전이었으면 그렇게 아들의 얼굴이 떠오른 후에는 미칠 듯한 그리움으로 경공을 펼치며 온 산을 누비고 다녔을 것이

다. 그것을 참지 못해 산속에서 다시 사람들이 사는 세상으로
내려 왔다.

그러나 이한성과 함께하는 뒤부터는 아들의 얼굴이 떠올
라도 미칠 듯한 그리움은 솟구치지 않았다.

이한성의 얼굴에서 아들을 찾았고 아들의 환영에서 이한
성을 보았다.

자신을 잊어가는 아버지가 야속해 아들은 자신을 꼭 닮은
이한성을 한조산 자신에게 보냈다는 생각이 거듭 들었다.

"후욱―"

한조산은 더 깊게 빨아들인 연기를 길게 내뿜었다.

아들의 얼굴이 사라지고 이한성의 모습이 눈에 들어왔다.

이젠 얼굴만 내놓고 전신이 눈에 쌓여 있었다.

'곰 같은 놈이로고.'

한조산의 입가에 희미한 미소 한가닥이 걸렸다.

저런 끈기는 배우는데 있어서 최고의 조건이다.

그건 가르치는 데 있어서도 마찬가지다.

뛰어난 제자를 만나 가르치는 재미를 만끽하는 것은 가르
치는 사람의 큰 복이다.

다시 한 번 미소를 머금은 앉아 있던 한조산은 천천히 몸을
일으켰다.

눈이 얼굴마저 뒤덮기 전에 치워주어야 할 것 같았다.

'엇!'

기색을 죽이며 이한성에게 다가가던 한조산은 경호성을 삼켰다.

거의 눈사람이 될 정도로 쌓인 눈이 어느 순간부터 천천히 녹아내리고 그 물기가 스며든 이한성의 몸에서는 허연 김이 솟아오르고 있었다.

'대체!'

한조산은 아연실색하지 않을 수 없었다.

이런 현상은 고수들의 운기행공에서나 일어나는 일이었다. 이제 겨우 걸음마를 하는 이한성에게서는 일어날 수 없고, 일어나서도 안 되는 일이었다.

그런데도 눈앞에서 확연히 일어나고 있으니 기가 막히는 노릇이었다.

때때로 일어나는 자신의 상식을 뛰어넘는 현상들!

그것은 이한성의 아랫배에 웅크린 이무기 같은 기운이 요동칠 때 나타나는 현상이었다.

그 기운은 평소에는 죽은 듯이 웅크리고 있다가 이렇게 한 번씩 용트림을 했다.

그럴 때마다 한조산은 머리끝이 쭈뼛거리는 기분과 함께 이한성을 주시했다.

은하표국에서 조염의 장력에 휩쓸린 뒤 생사의 기로를 헤 맬 정도로 격렬하게 한 번 요동친 그 기운은 지금까지 두 번이나 더 위험할 정도로 혈맥을 휘돌았다.

조염의 장력에 휩싸였을 때만큼은 아니었지만 가만두면 혈맥이 터져 죽기에는 전혀 부족함이 없을 정도였다.

그때마다 한조산은 기를 쓰며 이한성의 온몸에 타혈술을 펼쳤다.

다행히 두 번 모두 때를 놓치지 않아 큰 위험 없이 넘길 수 있었다.

그러나 언젠가 자신과 떨어져 있을 때 격렬한 폭주가 생기면 그땐 속수무책이었다.

한조산은 그것이 가장 두려웠다.

그래서 뒤를 보러가는 순간까지도 멀리 떨어지지 못하고 신경을 써야 했다.

'내 팔자가 어쩌다 어린놈의 밀착보표로 전락했는지 모르겠군.'

한조산은 쓰게 웃으며 다시 바위 위에 걸터앉았다.

지금은 위험하기보다는 몸에 덕이 되는 현상이었다.

"후우욱—"

한 시진도 넘게 돌부처가 되어 앉아 있던 이한성이 긴 날숨과 함께 몸을 움직였다.

심법수련이 끝난 것이다.

눈을 뜬 이한성은 몸을 이리저리 움직이며 자리에서 일어났다.

"끝났느냐?"

한조산이 무감동하게 물었다.

이한성은 고개를 끄덕였다.

"고얀 놈! 어른이 물었으면 대답을 할 일이거늘, 매번 고개만 끄덕이느냐! 입 아껴 두었다가 나중에 찜 쪄 먹을 셈이냐?"

한조산은 한 시진 동안의 지루한 기다림에 대한 보상이라도 받으려는 듯 고함을 질렀다.

"끝났습니다."

이한성이 뒤늦게 대답을 했다.

한조산은 혀를 차며 이한성의 얼굴을 살폈다.

현천심공의 성취는 심법을 익힌 직후 얼굴에 감도는 옅은 푸른색으로 가늠할 수 있었다.

대밭에서 혼자 수련을 할 때 나타나 한조산을 경악하게 만들었던 푸른색은 그때와 비교해 몇 배는 더 진해져 있었다.

떠올랐다가 순식간에 사라졌지만 그 색조는 과하다 싶을 정도로 진했다.

'진도가 너무 빨라.'

한조산은 속으로 적이 걱정이 되었다.

하정욱이 참장공을 가르치며 느낀 것처럼 이한성의 수련 속도는 사공이나 마공을 익힐 때보다 훨씬 빨랐다. 그렇게 빨리 익힌 사공이나 마공은 심각한 부작용이 따랐다.

자신의 아들 종천이 마라십이검의 삼 초식을 너무 빨리 깨우치고 펼치려 하다가 비명에 갔기에 한조산의 경계심은 더욱 클 수밖에 없었다.

'앞으로 며칠은 수련을 못하게 해야겠군.'

보통의 사부들과는 전혀 다른 생각을 한 한조산은 바위위에서 몸을 일으켰다.

한 시진 동안이나 한 곳에 지체 했으니 이제 다시 움직여야 할 때였다.

은하표국을 떠나 온지도 벌써 한 달이 다 되어간다.

그동안 되도록 흔적을 많이 남기며 움직였기에 몇 번의 공격을 받았다. 그때마다 가차없이 베어버렸고 최근 보름 동안은 아무런 습격이 없었다.

하지만 폭풍전야는 더 고요한 법, 이럴 때 일수록 더욱 신경을 곤두세워야 한다.

"걸음을 옮기자."

한조산은 앞장을 섰다.

목적지를 정하지 않은 길이었지만 놈들의 습격이 어려운 지형으로만 돌아다녔다.

오늘도 저 앞쪽으로 보이는 계곡을 돌아 암벽이 많은 길로 산을 넘을 것이다.

한 달이나 놈들을 달고 다녔으니 이젠 열흘 정도만 더 흔적을 남기다 사라지면 될 것이다. 그때까지만 고생을 하면 된다.

‘그들은 무사할까?’

한조산은 하유걸 가족들의 안위가 걱정되었다.

자신에게 모든 혐의가 집중되도록 했지만 동창 놈들의 집요함을 익히 알기에 마음이 놓이지 않았다. 다행이라면 하유걸이 신중한 성격이라 허튼 실수는 하지 않고 가족들을 안전하게 이끌 것이라는 점이다.

문득 하수린의 얼굴이 떠올랐다.

요정같은 얼굴로 보조개를 지으며 생글거리던 모습이 눈에 선했다.

병약한 몸에 가문이 몰락하고 쫓기는 신세가 된 상황을 어떻게 이겨낼지 걱정이 되었다.

기후와 풍토가 다른 곳에 가면 몸이 더 약해질지도 몰랐다.

지금으로서는 마음으로나마 무사하기를 빌 수밖에 없었다.

‘그런데?’

상념을 접은 한조산이 걸음을 멈추었다.

뒤따라야 할 이한성의 발소리가 들리지 않았다.

‘저놈이!’

고개를 돌려 이한성을 찾던 한조산의 눈 사이가 와락 좁혀졌다.

그동안 천하태평으로 느릿느릿 따라오는 이한성의 걸음에 속이 터졌는데 오늘은 아예 따라오지도 않고 저 멀리 산을 쳐다보며 경치구경을 하고 있었다.

와락 고함을 지르려던 한조산은 급히 신경을 곤두세웠다.

이질적인 대기의 냄새!

그것은 후각으로 맡아지는 냄새가 아니었다.

고양이의 수염보다 더 예민하게 깨어 있는 피부가 느끼는 냄새였다.

절정고수가 아니면 감지 못할 정도로 미세했지만 치명적인 암살자의 냄새였다.

쉬이익—

한조산의 검에서 시퍼런 기운이 쏟아졌다.

콰앙!

수풀 한곳에 검기가 폭사되며 폭음이 터졌다.

휘익—

폭음과 함께 한 개의 인영이 솟구쳐 올랐다.

온통 백의를 몸에 두른 복면인이었다.

눈이 온 세상을 뒤덮은 상태기에 복면인의 복장은 그것에 맞게 순백으로 치장되어 있었다.

피피피핑—

공중에 뜬 상태에서 백의인은 두 손을 어지럽게 흔들었고 그곳에서 열 자루의 비도가 쏟아졌다.

째애액—

한조산의 검에서도 강력한 검풍이 쏟아졌다.

이한성을 향해 날아가던 비도 세 자루가 한조산이 날린 검풍에 휩쓸려 저 멀리 날아갔다.

살상까지도 가능한 검풍이었다.

따다다당—

뒤이어 한조산을 향해 쏟아지던 일곱 자루의 비도가 허공으로 튕겨올랐다.

"타앗!"

허공에서 비도를 날린 백의인이 기합성과 함께 비조처럼 이한성을 향해 몸을 날렸다.

한조산을 공격하는 것이 어렵다고 생각한 그는 목표를 바꾸어 이한성을 공격하고 그로 인해 한조산의 신경이 분산되면 그때 한조산을 공격할 생각이었다.

'엇!'

이한성을 향해 쏘아지던 백의인은 속으로 경호성을 터뜨렸다.

찰나의 순간 이한성과 눈이 마주친 것이다.

아무것도 모르는 세 살짜리 어린애가 아닌 이상, 지금의 상황이 어떤지는 파악이 될 것이고 그럼 새파랗게 질려야 한다.

그런데?

자신을 쳐다보는 어린 놈의 눈빛이 한 치의 흔들림도 없이 냉정했다. 그리고 얼마든지 와보라는 듯 자신만만하기까지 했다.

마치 반로환동의 고수가 자신을 속이고 함정을 판 것과 같은 느낌을 주었다.

째애액—

백의인은 섬전처럼 검을 휘둘렀다.

진짜 어린애든 반로환동의 고수든 자신의 목적만 달성하면 되는 것이다.

콰앙—

폭음과 함께 검으로 강철 대문을 두드린 듯 손목에 충격이 왔다.

'언제?'

백의인은 두 눈을 부릅떴다.

어느새 한조산이 이한성의 앞을 막아서서 검을 쳐올리고 있었다.

실로 귀신같은 움직임이었다.

서걱—

익숙한 소리가 들리며 목에 화끈한 통증이 느껴졌다.

툭!

백의인의 목이 바닥으로 떨어지며 피분수가 터져 올랐다.

그때까지도 백의인의 눈빛은 경악으로 가득 차 있었다.

"이놈아! 넌 피할 줄도 모르느냐?"

그 자리에서 꼼짝도 않고 피를 뒤집어쓰고 있는 이한성을 보며 한조산은 벼락처럼 고함을 질렀다.

백의인의 공격에서부터 그의 목이 달아나 뒹구는 지금까지 꼼짝 않고 서 있는 이한성의 모습은 공포에 질려 얼어붙은 것 같았다. 한조산은 그것이 불만스러워 더욱 목소리가 커진 것이다.

'이놈?

다시 고함을 치려다 이한성의 눈을 바라본 한조산은 벌리려던 입을 다물었다.

지금 이한성의 눈빛은 겁을 먹은 사람의 눈빛이 아니었다.

조금도 흔들림 없이 주변을 살피는 눈은 심연처럼 가라앉아 있었다.

"제가 갑작스럽게 움직였다면 상대도 그랬을 것이고, 그럼 사부님은 더 힘들었을 겁니다."

먼 곳에서 눈을 돌린 이한성은 차분하게 말했다.

한조산은 말문이 막혀 버렸다.

이한성의 말이 한 치도 틀림이 없었다.

만약 그 긴박한 순간, 이한성이 몸을 틀기라도 했다면 놈도 궤적을 바꾸었을 것이다. 그럼 자신은 더 크게 궤적을 바꿔야 했다.

그동안 여러 차례의 습격에서 자연스럽게 그것을 터득한 것이다.

한조산은 더 이상 아무 말 없이 한숨을 내쉬었다.

처음에는 동창의 습격에 놀란 모습을 보이고 불식간에 주저앉기도 했다.

그 때문에 한조산은 훨씬 더 힘을 쏟아부어야 했다.

그리고 참혹하게 베어진 시신을 보며 토악질도 했다. 그런 과정에서 이한성은 자신이 움직이지 않을수록 한조산이 더 신속히 적들을 벤다는 것을 알았다.

오늘 역시 그런 생각으로 꼼짝도 않은 것이다.

하지만 오늘의 습격은 이제까지와는 차원이 달라 한조산은 가슴이 철렁했었다.

"이놈은… 살막(殺幕)……."

백의인의 시신을 살피던 한조산이 신음처럼 중얼거렸다.

"그들이 누굽니까?"

예사롭지 않은 한조산의 반응에 이한성이 질문을 던졌다.

잠시 더 백의인의 시신을 내려다보던 한조산이 입을 열었다.

"산동성에서 손꼽히는 살수조직이다."

한조산이 차가운 목소리로 답했다.

산동성에 자리 잡은 것으로 여겨지는 살막은 생긴 지 십 년 정도밖에 되지 않는 신흥 살수조직이라 할 수 있었다.

그런 짧은 역사에도 불구하고 동창이라는 거대조직이 그들을 찾을 정도로 인정을 받는 것은 그들의 실력이 그만큼 뛰어나다는 말이었다.

그러나 실력보다 더 무서운 것은 그들의 살수행을 행하는 방법이었다.

그들은 어떤 것이든 한 번 청부를 받은 이상 절대로 포기하지 않았다. 또한 그들은 한 번에 한 건의 청부밖에 받지 않았다.

미리 의뢰받은 청부가 완료되지 않으면 다른 청부는 절대로 받지 않고 한 가지 청부에 온 조직원을 가동하여 전력투구한다.

그것이 살막의 특징이었다.

첫 번째는 한 명만 보낸다. 그래서 실패하면 두 명을 보내고 다시 네 명, 여덟 명…….

그렇게 파상적인 공격을 해 오면 웬만한 고수라도 배겨낼 수가 없다.

오늘은 한 명이 왔으니 다음번에는 두 명이 나타날 것이다.

"동창이 살수들을 고용한 것입니까?"

이한성이 다시 물었다.

"그렇겠지. 더러운 놈들!"

한조산이 바닥을 향해 침을 뱉었다.

동창이라면 살막 같은 조직을 보이는 대로 토벌해야 할 입장인데 그들과 손을 잡고 일을 맡긴 것이다.

어쨌든 살수조직이 개입되었으니 앞으로는 훨씬 더 피곤해질 터였다.

자고로 앞에서 날아오는 칼은 피하기 쉽지만 뒤에서 날아오는 칼을 몇 배나 어렵다.

무공으로 따지자면 동창의 당두 놈들이 한 수 위겠지만 살수들은 무공의 고하보다는 은신과 기습, 암기, 독 등에 특화되어 있는 인간들이다.

그들은 오로지 죽이는 기술만 익혔을 뿐이다.

정정당당이니, 협의지심이니 하는 것들은 딴 세상 사람들의 일이다.

그런 만큼 동창보다는 몇 배는 더 신경을 써야 한다.

'훨씬 더 피곤해지겠군.'

한조산은 속으로 입맛을 다셨다.

"그럼 지금부터는 숨어야 합니까?"

이한성이 물었다.

"그럴 필요까지는 없다."

한조산이 단호하게 답했다.

아무리 살수라도 천적은 있는 법이다.

살수들의 가장 큰 무기는 은신과 기습이다.

그것을 통해 자신보다 한참 더 고수도 방심한 틈을 노려 살행을 성공할 수 있다.

은신과 기습이 애초에 통하지 않는 상대에다 무공마저 훨씬 더 강하다면 살수는 존재 의미가 없어진다.

청해마검 한조산에게 은신과 기습을 버리고 포위망을 형성해서 합공으로 싸우라고 한다면 살막의 살수들이 다 나서도 힘들 것이다.

살수의 시신을 좀 더 살피던 한조산이 갑자기 이한성에게로 고개를 돌렸다.

"언제부터 알았느냐?"

한조산이 불쑥 질문했다.

경황중이라 깜박했는데 살수 놈이 기색을 드러내기 전 이한성은 먼저 알고 그곳을 주시하고 있었다.

얼른 따라오지 않고 게으름을 피우며 경치구경을 한다고 생각했는데 이제 보니 그게 아니었다. 무언가 낌새를 느끼고 그곳을 주시한 것이다.

자신마저도 깜박 놓쳤던 기운이었다.

물론, 기감이 미치지 못하는 충분한 거리를 두고 따르다 자신이 움직인 후에 다가왔기에 놓친 일이지만 놀랍기는 마찬가지였다.

"이제껏 느낀 중에서 제일 호흡이 희미한 인간이었습니다. 그래서 처음에는 잘못 본 것이 아닌가 했습니다."

"내 질문은 그놈의 존재를 언제 알아차렸느냔 말이다."

한조산은 다시 질문했다.

이한성이 자신보다 먼저 알아차린 것을 인정할 수 없었다.

"사부님께서 저만큼 앞으로 걸어가며 거리가 벌어지자 새벽안개처럼 다가왔습니다."

한조산의 짐작처럼 살수는 거리가 멀어지자 이한성은 전

혀 경계하지 않고 다가온 것이다. 그러다가 이한성의 괴물 같
은 눈에 걸린것이다.

사각(死角)이 없어 등 뒤에 있는 모든 것까지 한꺼번에 보
는 눈이라면 충분히 가능했다.

"그런데 왜 그렇게 늦게 알아차린 것이냐?"

"새로 생긴 눈에도 한계는 있습니다. 너무 멀면 그게 그거
같이 흐릿해서 안 보입니다."

이한성의 대답에 한조산은 속으로 입맛을 다셨다.

자신의 기감(氣感)으로도 느끼지 못한 것을 무공도 제대로
익히지 못한 녀석이 알아차린 것은 분명히 기가 차고 말이 안
나올 만한 일인데 이젠 그것을 대수롭지 않게 여기고 더 멀리
보지 못한 것을 책망하고 있었다.

청해마검이 놓친 기색을 이제 겨우 호흡법이나 익히고 있
는 소년이 알아차렸다고 하면 누가 믿겠는가?

아마 미친놈 소리 듣기 십상일 것이다.

"눈을 감아야 보이는 것이냐?"

한조산은 그것 역시 궁금했다.

이한성은 다시 고개만 끄덕였다.

"대답을 하라고 하지 않았더냐, 이놈아!"

한조산이 고함을 질렀다.

"그렇습니다. 시력을 찾은 후부터는 눈을 뜨면 환한 세상
의 빛에 가려 정수리의 눈은 잘 안보입니다."

이한성은 다시 뒤늦은 대답을 했다.

"눈을 감으면?"

한조산이 득달같이 물었다.

"예전과 똑같습니다."

"그런 뱀 있으면 나도 한번 물려보고 싶구나."

남들은 몇 십 년 고생을 해야 얻을 수 있는 능력을 공짜로 얻었으니 어쩐지 심술이 나는 기분이었다.

'공짜는 아니었지. 죽을 고비를 넘기고 시력마저 잃은 채 일 년 동안이나 맹인의 삶을 살았으니. 그러고도 여전히 언제 혈맥이 터져 죽을지 모르는 상태고…… 쯧!'

다시 생각해보니 절대로 물리고 싶지 않은 뱀이었다.

불같은 성격의 자신이라면 일 년이 아니라 한 달 동안만 맹인으로 살라고 해도 발작을 하다못해 미쳐 버리고 말 것이다.

"그나저나 살수 놈들이 개입했다면 앞으로 더욱 조심해야 한다."

한조산은 엄한 음성으로 말했다.

최대한 기색을 죽이며 어디서 날아올지 모르는 칼들은 확실히 신경이 쓰였다. 또한 살막의 놈들은 포기를 모른다. 다른 살수조직에 비해 청부금은 훨씬 비싸지만 한번 청부를 받은 목표에 대해서는 온 조직이 무너지는 한이 있더라도 끝까지 살행을 감행한다.

동창 놈들은 그것을 충분히 감안하고 살막에다 청부를 한 것이리라.

"뒤는 제가 맡겠습니다."

이한성이 불쑥 말했다.

"뭐라?"

생각에 잠겼던 한조산이 와락 고개를 돌렸다.

"방금 뭐라 했느냐?"

한조산은 찌를 듯한 시선으로 이한성의 눈을 쳐다보았다.

이한성은 담담히 한조산의 시선을 받다가 입술을 움직였다.

"이제껏 그랬던 것처럼 천천히 걸으며 뒤쪽을 살피겠습니다. 그리고 발견 즉시 사부님께 알려 드리겠습니다."

이한성의 대답에 한조산은 기가 막힌 듯 잠시 말문을 열지 못했다.

이제껏 뒤를 살폈다고?

그러느라 천천히 걸어왔다고?

천하태평으로 느릿느릿 따라오는 놈을 보며 속이 터져 몇 번이나 고함을 질렀는데 그것이 뒤를 살피기 위함이었다고?

한조산은 헛웃음이 터져 나오는 기분이었다.

믿어지지 않는 말이었지만 이한성은 이제껏 단 한 번도 허튼 소리를 하지 않았다. 오히려 해야 될 말도 아끼는 바람에 고함을 지를 정도였다.

“네놈 눈엔 내가 뒤도 감당 못할 정도로 허술해 보이더냐?”

한조산이 다시 심통 아닌 심통을 부렸다.

“그런 건 아닙니다.”

“그럼?”

“계속 사용하다 보니 능력이 느는 것 같습니다. 염불하는 셈 치고 계속 살피며 걷겠습니다.”

말문이 막힌 한조산은 괜한 걸음만 빨리했다.

실전수련
第二十八章

"내가 너를 가르칠 수 있는 시간은 길어야 오 년이다. 어쩌면 그보다 더 짧을 수도 있고……. 무공에 대한 네 성취가 아무리 빠르다 하더라도 그건 턱없이 짧은 기간이다. 나는 너보다는 몇 배로 뛰어난 사부님을 모시고 배웠지만 이십 년이 넘어서야 겨우 검을 제대로 쥘 수가 있었다."

한조산은 걸음을 옮기면서 안타까움이 배어나오는 음성으로 말했다.

검을 제대로 쥐는데 이십 년이 걸렸다느니, 자신의 사부가 이한성의 사부보다 몇 배로 더 뛰어나다느니 하는 말은 과장된 부분이 있겠지만 이한성이 배울 수 있는 기간이 길어야 오

년밖에 안 된다는 것은 무엇보다 확고한 사실이었다.

하수린에게 남은 시간이 육 년 정도밖에 안 되니 최소한 오 년 안에는 수련을 끝내고 강호로 나와 하수린을 찾아야 한다. 만약 그때의 강호 사정이 누군가를 찾는 데 시간이 더 많이 걸릴 정도로 혼란스러워지면 그보다도 더 빨리 수련을 끝내야 한다.

그것이 이한성의 마음을 항상 조급하게 만드는 부분이었고 한조산 역시 충분히 인식하고 있었다.

"그러니 지금부터의 경험은 하나하나 중요하지 않은 것이 없다. 지금부터는 숨 쉬는 순간마저도 배움의 연장선으로 생각해라."

걸음을 우뚝 멈춘 한조산이 차가운 안광을 빛내며 말을 이었다.

"살수들을 상대함에 있어 가장 중요한 것은 먼저 그들의 은신을 알아내는 것이다. 물론 네 녀석은 천운으로 얻은 눈이 있으니 그 문제는 해결되었지만 놈들이 어디에 은신하고 있는지만 안다면 구 할은 이기고 들어가는 것이다. 놈들은 은신과 기습에 있어서는 절정고수 수준이지만 그것이 드러나면 일류고수 정도밖에 되지 않는다."

그 말을 끝으로 한조산이 검을 세차게 휘둘렀다.

발검에서 출수까지 눈 깜짝할 시간도 걸리지 않았기에 처음부터 빼 들었던 검을 휘두르지 않았나 싶을 정도였다.

"으윽!"

번쩍! 하고 섬광이 터짐과 동시에 눈처럼 흰 백의에 복면 역시 흰색으로 둘러쓴 살수가 나무 위에서 떨어져 내리며 짧은 비명을 토했다.

뒤이어 그의 허리에서 쏟아져 나온 선혈이 그가 입고 있던 백의와 주변의 눈밭을 온통 붉게 물들였다.

눈이 그대로 남아 있는 산중이었기에 살수들의 복장은 모두 흰색이었다.

주변의 상황에 따라 철저하게 동화된 모습이 고도의 수련을 했음이 절로 느껴졌다.

"놈들은 주로 쾌검을 사용한다. 살수행의 특성상 은신하고 있다가 방심한 틈을 타서 쾌속하게 검을 휘둘러야 하기 때문이다. 하지만 일차 습격이 실패로 돌아가면 놈들은 쾌검보다는 환검(幻劍)을 사용하여 놀란 상대를 혼란시키고 그 사이로 살초를 뿌린다."

휘리리릭—

한조산의 말대로 나무에서 떨어져 내린 살수는 어지럽게 검을 휘두르며 한조산을 향해 짓쳐들었다.

째째째쨍—

한조산의 검도 어지럽게 흔들리며 살수의 환검을 모조리 막아냈다.

"환검은 어느 것이 실초이고 어느 것이 허초인지 제대로 알지 못한다면 대처하기가 힘들다. 하지만 그것을 꿰뚫어볼 정도로 수련이 가능하면 그것만큼 허접한 것도 없느니라.”

한조산이 다시 짓쳐드는 살수의 현란한 검초 속으로 자신의 검을 그대로 쭈욱 찔러넣었다.

그곳은 허초에서 실초로 이어지는 부분의 미세한 간극으로 빈틈이라 할 수 있었다.

“크윽!”

살수의 어깨에서 다시 선혈이 터지며 바닥에 쌓인 눈을 붉게 물들였다.

“보았느냐?”

씹어 먹을 듯이 자신을 쳐다보는 살수의 시선은 아랑곳 않은 채 한조산은 이한성을 보며 물었다.

한조산의 질문에 이한성은 고개를 끄덕였다.

“뭘 보았느냐?”

한조산이 다시 물었다.

“검에서 뿜어져 나오는 숨결이 끊어지는 곳이군요.”

눈을 감은 이한성이 자신만의 방식으로 설명했다.

인간의 몸을 휘도는 숨결은 검을 휘두를 때는 검으로도 휘돌았다. 은하표국에서 본 하급표사들은 그것이 힘들었지만 표두들이나 총표두 정가진은 분명히 그랬다.

조금 전 살수의 검에서도 그런 것이 보였고 한조산은 그 끊어진 틈에 정확히 검을 쑤셔넣었다.

“제대로 보았다. 앞으로도 환검을 쓰는 놈들을 만나면 그것을 염두에 두고 대처하여라.”

한조산은 이한성에게서 살수에게로 시선을 돌렸다.

“다시 한 번 펼쳐 보아라.”

한조산이 검을 들어 올리며 차갑게 말했다.

한조산의 시선을 받은 살수가 움찔 뒤로 물러났다.

허리와 어깨에서 흐른 피가 적지 않았지만 살수는 지혈할 생각도 못하고 기가 막힌 표정으로 한조산만 노려보고 있었다.

은신과 기습으로 살수행을 시도해 보기도 전에 은신이 탄로나 도로 기습을 받았다.

그리고 지금은 마치 자신이 교육용 재료가 된 기분이었다.

도저히 자신의 상대가 아니었다.

그러나 죽을지언정 도주하거나 포기해서는 안 된다.

그것이 자신이 몸담은 살막의 철칙이었다.

“하앗!”

고함과 함께 이번에는 쾌검을 뿌리며 한조산을 향해 달려들었다.

“환검으로 다시 펼치거라.”

한조산은 고함과 함께 살수의 검을 쳐 냈다.

“크윽!”

살수가 비틀거리며 뒤로 물러났다.

한조산의 검과 마주치는 순간 막강한 반탄력이 온 팔을 진동시켜 혈맥까지 진탕된 것이다.

"이런 개 같은……."

살수 사내는 신음을 흘리며 검을 들어 올렸다.

휘리리릭—

사내의 검이 춤을 추었다.

마지막 힘을 다한 환검이었다.

아까보다 실초와 변초의 조합이 훨씬 복잡하고 어지러워 웬만한 고수라도 등줄기에 식은 땀이 흘러내릴 정도였다. 그러나 그 검초를 상대하는 한조산의 표정은 한치의 긴장감도 찾을 수 없었다.

쉬이익—

한조산의 검이 위에서 아래로 사선을 그리며 떨어져 내렸다.

허초의 빈틈을 그대로 긋고 지나가는 악마적인 검이었다.

파아앗—

핏물이 튀며 살수 사내의 가슴이 길게 갈라졌다.

"이번에는 뭘 보았느냐?"

한조산이 다시 물었다.

"아무것도……."

이번에는 너무 빨라 아무것도 보지 못했다. 그냥 사내의 어지러운 검을 한조산의 검이 단칼에 잘라 버린 것 같았다.

"쾌도난마라 하는 것이지. 무릇 복잡한 것일수록 그 해답은 아주 단순하다. 그것 또한 기억하거라."

다시 한 가지 무리(武理)를 설명한 한조산은 살수를 향해 등을 돌렸다.

가슴에서 선혈을 뿌리고 있는 사내의 눈에 간절한 애원의 빛이 어렸다. 그 눈빛은 살수가 아니라 한 인간으로서의 생에 대한 마지막 욕망이었다.

"그리고 마지막으로 가장 중요한 것은, 검을 손에 쥔 이상 섣부른 동정심은 금물이라는 것이다. 강호에는 그것을 역이용하여 상대의 목을 노리는 놈들이 무수히 많다. 알량한 동정심으로 빈틈을 보였다가는 순식간에 네 목이 달아날 수가 있다."

한조산의 말이 끝나자마자 모든 것이 틀어졌음을 안 살수 사내가 순식간에 눈빛을 바꾸며 용수철처럼 튀어올랐다.

금방이라도 숨이 끊어질 것 같던 모습은 철저한 위장이었고 지금의 한 수는 이전의 그 어떤 수보다 빠르고 독랄했다.

파앗—

한조산의 검에서 시퍼런 기운이 뻗어 나갔다.

툭—

비호처럼 달려들던 살수 사내의 목이 허공으로 떠오르며 바닥으로 굴렀다.

이한성은 감은 눈을 더욱 질끈 감았다.

이젠 토악질은 나오지 않았지만 인간의 몸이 길게 베어져 넘어가거나 동강나는 모습은 여전히 감당하기 힘들었다.

"또한 중요한 한 가지는 대결 중에는 어떠한 상황이 닥치더라도 눈을 감지 말라는 것이다. 눈동자에 칼이 스치지 않는 한 눈을 감지 말아야 한다. 처음에는 잘 안 되겠지만 훈련을 하다 보면 그것도 가능해질 것이다. 물론, 네 녀석 경우에는 조금 다르겠지만."

한조산의 말에 이한성은 눈을 떴다.

한조산의 제자가 된 이상, 자신은 동창이라는 거대한 조직을 적으로 두게 될 것이다. 그들을 상대하자면 어떤 인간들보다 독해져야 한다. 그러지 않으면 그들의 독랄한 술수에 버텨내지 못할 것이다.

"이번에는 어떤 놈들이 나올지 기대가 되는구나."

이한성이 감았던 눈을 뜨자 한조산은 성큼 걸음을 옮겼다.

파앗—

열 걸음쯤 걸어가자 바닥의 눈이 튀어 오르며 그곳에서 번쩍하고 무언가가 쏘아져 나왔다.

탕—

이미 은신을 파악하고 있던 한조산은 한순간의 망설임 없이 검을 휘둘러 암기를 튕겨냈다.

암기는 화살이었다.

그러나 보통의 화살에 비교해서는 훨씬 짧은 기형의 화살이었다.

"수전(手箭)이라는 것이지. 활 대신 팔에 장치한 시위에 끼워 쏘아대기도 하고 그냥 던지는 놈들도 있지. 놈들이 사용하는 암기는 대부분 극독이 묻어 있으니 절대로 맨손으로 잡아서는 안 된다. 놈들은 사슴가죽으로 된 장갑을 끼고 있으니 괜찮겠지만."

한조산의 설명이 끝나기도 전에 눈밭에서 튀어 오른 사내가 한손을 쾌속하게 펼쳤다.

쌔애액—

살구만한 구슬이 섬전 같은 속도로 날아왔다.

한조산이 검을 쳐올렸다.

따앙—

쇠구슬인 듯 검명이 날카롭게 울렸다.

그 순간 한조산은 쳐올렸던 검을 쳐올릴 때보다 두 배는 더 빠르게 내려쳤다.

따당—

아무것도 없는 허공에 검을 휘두른 것 같았는데 아까보다 더 날카로운 쉿소리가 났다.

"자모환(子母丸)이라는 것이다. 한 개의 쇠구슬처럼 보이지만 실상은 두 개의 구슬이지. 큰 구슬 뒤에 작은 구슬을 숨겨서 같이 던지는 것으로, 한 개인 줄 알고 그것만 쳐 냈다가는 뒤에 따라오는 콩알 만한 구슬에 심장이 꿰뚫려 죽을 수도 있다."

한조산은 바닥에 떨어진 작은 구슬을 검끝으로 걷어 올려 이한성에게 보여주었다.

"강호는 이런 살수들보다 더 악독하고 비열한 놈들이 득실거리는 곳이다. 정말 목숨을 주어도 아깝지 않다는 생각이 드는 친구 외엔 아무도 믿지 마라. 솔직한 심정으로는 그런 친구마저도 삼 푼은 의심을 하라고 권하고 싶지만 네놈 성정으로는 그게 불가능할 것 같으니……. 어쨌든 방심하지 말고 눈에 보이는 칼보다 보이지 않는 칼을 조심해야 한다."

설명을 마친 한조산은 암기를 던지는 살수를 쳐다보았다.

"다른 것도 던져 보아라."

피피피핑—

사내의 양손에서 수십 개의 은빛 광채가 쏟아졌다.

처음에는 똑같은 빠르기로 쏟아져 나오던 은빛 광채는 한조산과 이한성이 있는 곳에서는 바람에 날리는 가랑잎처럼 흩어지며 제각각 다른 방향에서 날아들었다.

빗살처럼 빠르게 던지는 것도 힘들다.

그러나 정상적인 속도보다 느리게 던지는 것은 훨씬 힘들다.

그보다 몇 배로 더 힘든 것은 한 번에 던진 암기들이 이렇게 제각각의 속도로 날아오는 것이다.

이런 경지는 암기술의 절정경지라 할 수 있었다.

사방에서 불규칙한 빠르기로 날아드는 암기들은 대체 어

떻게 막아야 할지 도무지 대책이 없는 것 같았다.

한조산 역시 이번에는 쉽지 않은 듯 보였다.

잠시 꼼짝도 하지 않고 서 있던 한조산이 어느 순간 무겁게 검을 그어 올렸다.

그의 검을 따라 은빛 광망이 펼쳐지며 큰 이불처럼 이한성과 한조산을 감쌌다.

마라십이검의 검초를 뿌리는 것과 비슷했지만 공격보다는 수비를 한다는 느낌이 강한 움직임이었다.

파파파팡—

이불처럼 둘러싸인 은빛 광망에 부딪친 암기들이 모조리 튕겨 나갔다.

"검기막(劍氣幕)이라는 것이다. 내공의 소모가 많기는 하지만 이런 공격에서는 가장 효과적인 방어법이기도 하다. 검기를 뿌릴 수준을 한참 넘으면 가능하지."

한조산은 모조리 땅에 떨어진 암기들을 차가운 눈으로 쳐다보았다.

수리비도(袖裏飛刀)였다.

또한 그것들 역시 맹독이 발라져 있는 듯 떨어진 곳에 있던 눈이 퍼렇게 물이 들었다.

그러나 한조산은 수리비도에 발라져 있는 독에 대해서 별다른 반응을 보이지 않았다.

어차피 암습에 기습으로 사람을 죽이러온 살수들이었다.

독이 묻은 암기를 던지든, 아니든 상관 할 것이 없다는 생각 같았다.

"다른 것도 던져 보아라."

멍하니 서 있는 살수를 향해 한조산이 말했다.

그러나 암기를 던진 살수는 얼어붙은 듯 꼼짝도 하지 않았다.

이미 동료 하나가 자신과 비슷한 처지의 실습대상으로 전락하는 것을 보았지만 맹독이 묻어 있는 자신의 암기술이면 처치할 수 있을 줄 알았다.

하지만 결과는 예상을 훨씬 뛰어넘었다.

팔 성의 내공을 모아 던진 암기들이 무형의 검막에 막혀 버리다니?

비교 자체가 안 되는 상대였다.

그렇다면 이젠 동귀어진의 방법이라도 써야 했다.

살수 사내가 으드득 이를 갈았다.

그의 양손에 각각 주머니 하나와 구슬 하나가 잡혀 있었다.

왼 손에 든 주머니 속에는 화골산(化骨散)이라는 극독이 들어 있었고 오른 손에 들린 구슬은 화탄이었다.

그야말로 하나만으로도 수십 명의 사람을 살상할 수 있는 물건들이었다.

"늙은이. 기필코 죽이겠다."

사내가 원독 가득한 음성과 함께 양손을 들어 올렸다.

　이미 동귀어진하기로 작정한 사내의 눈에는 자신이야 어떻게 되더라도 한조산만은 처치하겠다는 한 가지 생각만이 가득했다.

　"저놈 손에 들린 것은 독분과 화탄이다. 제법 위험한 물건이지. 저놈이 왜 이제야 저것들을 꺼냈는지 알겠느냐?"

　말만 들어도 심장이 멎을 것 같은 독과 화탄을 보고도 일말의 긴장도 하지 않은 목소리로 한조산이 다시 질문을 던졌다. 그의 표정에는 여전히 어린 제자를 착실히 가르치는 사부의 진지함이 떠나지 않고 있었다.

　"바람이 이쪽으로 불고 있기 때문이 아닙니까?"

　이한성이 반문했다.

　"반은 맞췄다. 바람이 이쪽으로 부는 틈을 타서 독분을 날리려는 것은 맞는 말이다. 그러나 화탄은 바람과는 상관이 없다."

　"그럼 무엇 때문입니까?"

　"자신의 능력을 과신했기 때문이다. 처음부터 저것들을 꺼내 던졌으면 나도 제법 낭패를 당했을지 모른다. 하지만 놈은 자만심에 빠져 기회를 놓쳤다. 물론, 수천 금에 달하는 물건인 화골산과 화탄을 처음부터 쓰고 싶지는 않았겠지. 그런 과정에서 자신의 신분을 추측할 수 있는 수리검과 자모환까지 던져 정체가 드러났다. 저놈은 살막의 악명 높은 암천마객(暗天魔客)이라는 놈이다. 다른 무공은 별로지만 암기술은 발군이라고 알려져 있다. 어쨌든 저놈의 정체를 알았으니 저놈이 지금 들고 있는 것이 화골산과 화탄이라는 것도 알 만하다. 그럼 대처도 가능하다는 말이지."

한조산은 차가운 미소와 함께 말을 이었다.

"상대가 강하다고 생각되면 처음부터 최강의 수를 펼쳐야 한다. 처음에는 오 성 정도의 힘만 쓰다가 이게 아니다 싶어 나중에 팔 성, 구 성의 힘을 쓰는 것은 처음 쓴 오 성의 힘은 쓸데없이 낭비한 꼴이 된다."

말을 마친 한조산은 검을 비스듬히 내렸다.

마라십이검을 펼칠 때의 기수식이었다.

"망할 늙은이! 찢어죽이겠다."

암천마객이 이를 악문 채 으르렁거렸다.

자신을 정확히 파악하고 마치 손바닥 위에 올려놓듯 저울질 하는 것이 참을 수 없는 분기를 일으킨 것이다.

"어디 그렇게 해보아라."

한조산이 암천마객을 향해 냉소를 흘렸다.

휘익—

암천마객이 왼손에 들고있는 화골산의 독분을 뿌렸다.

원래 화골산은 액체 상태였지만 특별히 제조해서 분말로 만든 것이다. 액체일 때보다는 효력이 떨어지긴 해도 바람을 통해 사방으로 날릴 수가 있다.

츠츠츠츠—

때마침 불어오는 바람과 함께 화골산은 이한성과 한조산
이 있는 곳으로 흩날려 왔다.

석상처럼 가만히 서 있던 한조산의 어깨가 순간적으로 흔
들렸다.

퍼엉—

한조산의 검에서 세찬 바람 소리가 일며 강력한 검풍이 터
져 나왔다.

휘이잉—

불어오는 바람을 타고 날아오던 화골산이 강한 검풍에 의
해 하나도 남김없이 도로 날려갔다.

"어림없는 수작!"

암천마객이 고함과 함께 오른 손에 든 화탄을 세차게 던졌
다.

화탄이 터지는 그 자체만으로도 엄청난 충격이다. 뿐만 아
니라 화탄의 폭발력과 함께 터져 나오는 강력한 바람은 화골
산을 도로 날려 한조산을 뒤덮을 것이다. 아무리 검풍이라 해
도 화탄의 폭발력을 이길 수는 없다.

치이잉—

암천마객의 손에서 벽력탄이 떠나는 순간 한조산의 검에
서도 기이한 음향이 일었다.

동시에 한줄기 섬광이 빨랫줄처럼 앞으로 폭사되었다.

파파파팟—

　푸르스름한 색조를 띤 섬광은 날아오는 화탄을 순식간에 수십 조각으로 잘라 버렸다.

　제대로 터지면 사방 수장에 피해를 줄 만한 화탄이었지만 검기에 의해 순식간에 수십 조각으로 잘리고 나자 제대로 된 폭발을 일으키지 못하고 허공에서 불꽃놀이를 하듯 강한 섬광만 내며 흩어졌다.

　화탄이 불발탄이 되어 독분을 제대로 날리지 못하자 한조산의 검풍에 의해 되날려온 화골산이 암천마객을 뒤덮어갔다.

　"망할!"

　암천마객이 흉신악살 같은 표정과 함께 쌍장을 터뜨리며 급급히 뒤로 물러났다.

　그 사이, 한조산은 검을 흔들어 바닥에 떨어진 수리비도를 걷어올렸다.

　휘이잉─

　수리비도가 돌풍에 빨려드는 가랑잎처럼 한조산의 검 주위를 맴돌았다.

　"이것들도 가져가라!"

　한조산은 허공에 흔들던 검을 세차게 뿌렸다. 그러자 그의 검 주변을 맴돌던 수리비도들이 섬전처럼 암천마객을 향해 날아갔다.

　비록 암천마객이 던지던 것처럼 제각각의 속도로 어지럽

게 날아가지는 않았지만 한조산의 검압에 휩쓸려 날아가는 수리비도의 속도는 암천마객이 던진 것보다 훨씬 빨랐다.

"헉!"

독분을 피하기도 급급했던 암천마객은 자신이라면 도저히 던질 수 없는 빠르기로 날아오는 수리비도에 질겁을 했다.

파파파파—

암천마객은 두 손을 급히 휘둘렀다.

그의 손이 수십개의 환영을 그리며 손가락이 기이한 각도로 구부러졌다.

암기를 다루는 무인들은 수공(手功)의 고수들이다. 고절한 수공이 가미되어야만 아까같이 현란한 암기술을 발휘할 수 있는 것이다. 그 수공으로 암천마객은 한조산이 날린 수리비도를 잡아채려 하는 것이다.

그 순간 한조산의 검이 강하게 회전했다.

슈아악—

한조산의 검에서 아까보다 훨씬 더 강력한 검풍이 쏟아졌다.

수리비도를 잡아채느라 정신이 없던 암천마객은 재차 날아오는 화골산에 고스란히 휩싸였다.

"크으으— 이런 개같은……."

암천마객의 입에서 처절한 비명이 터져 나왔다.

자신이 자랑하는 암기와 독에 도리어 자신이 당했으니 죽어가면서도 눈을 감지 못했다.

압도적인 무위 앞에서는 암기술도 통하지 않는다는 사실
이 절실히 느껴지는 순간이었다.

스스스—

화골산에 휩싸인 암천마객의 시신이 녹아 들어가기 시작
했다.

액체로된 원액의 화골산이었다면 한줌 혈수로 변하겠지만
분말상태라 그런지 암천마객의 시신은 피부만이 녹아 뼈가
드러나고 있었다.

오히려 그래서 더 처참해 보였다.

이한성은 욕지기를 느꼈지만 억지로 참았다. 그리고 눈을
감지도 않았다.

그런 이한성의 모습에 한조산은 만족 한 듯 침묵을 지켰다.

"어제 한 명에 이어 오늘 두 명이 나타났으니 다음에는 네
명이 나타날 것이다."

한조산이 앞을 바라보며 말했다.

"그럼 네 배로 더 배우겠군요."

치밀어 오르는 욕지기를 억지로 참은 이한성이 억눌린 목
소리로 말했다.

第二十九章
은영각(隱影閣)

　　산동성의 옥함산(玉函山)은 수려한 풍광과 기암절벽이 어우러진 곳이 많아 예로부터 시인묵객들의 발길이 끊이지 않았고 춘삼월 호시절에는 수많은 상춘객이 모여들어 경치를 구경했다.

　　그 옥함산 중턱의 절벽 한곳에는 그곳의 풍광과 너무 잘 어우러진 아담한 장원이 한 채 자리하고 있었다.

　　장원의 이름은 음풍장(吟風莊)으로 그 이름 또한 주변의 풍경과 잘 어울렸다.

　　앞은 훤하게 틔어 있는데 때때로 구름이 떠다녀 망망대해를 보는 듯했고, 옆쪽으로는 기암절벽이 자리하여 마치 뛰어난 화공이 그려놓은 풍경화가 펼쳐진 것 같았다.

또 뒤쪽으로는 고송들이 군락을 지어 자생하고 있어 그곳에는 언제나 바람이 맴돌았다.

기이한 것은 주변에 바람이 아무리 많이 불어도 그곳에서는 바람이 오히려 잔잔하게 잦아들었다. 반대로 주변에는 바람 한 점 없는 무더운 날씨라 하더라도 그곳에서는 솔바람이 불었다.

그래서 언제나 바람을 음미할 수 있다는 의미로 장원의 이름도 음풍장으로 지은 것이다.

그런 천혜의 자연경관에 자리를 잡고 있다면 많은 시인묵객들이나 경치를 구경하러 온 손님들이 붐빌 듯도 하지만 음풍장 내부는 생각보다는 훨씬 조용했다.

그 이유는 음풍장의 주인이 오랜 병마에 시달리며 하루에 일정 인원 이상의 손님은 받지 않고 조용히 세월을 보내고 있기 때문이었다.

그 이전까지는 이곳 음풍장은 절경 속에 지어진 다른 장원들과 마찬가지로 수많은 구경꾼들이 찾아와 저잣거리 못지않게 북적거렸다. 그러다가 십 년 전쯤에 음풍장의 장주 오선중(吳先中)이 병이 든 것이다.

오선중의 세수 육십이 되던 어느 봄날, 많은 손님 중 누군가에게서 전염병이 옮은 후 좀체 낫지 않다가 급기야는 합병증까지 생겨 더욱 악화되었다고 했다. 그때부터 오선중은 병마와 싸우기 위해 음풍장 깊은 곳에서 칩거생활에 들어갔다.

자연 그 자손들은 장주의 건강이 더 악화되지 않게 하기 위해 손님들을 가려 받게 되었고 십 년이 지는 지금은 예전에 비하면 몇 배로 고요한 장원이 된 것이다.

비록 손님들은 정해진 수밖에 받지 않았지만 장원 내부의 식솔들 수도 만만찮아 제법 많은 사람이 분주히 돌아다니고 있었다.

그 음풍장의 깊은 실내.

"네 번의 시도가 모두 실패했다고?"

중년 사내의 목소리가 낮게 깔리며 실내를 울렸다.

마치 깊은 땅속에서 울려 나오는 듯한 목소리는 듣기만 해도 등골이 오싹할 정도였다.

이곳은 안채에서도 가장 깊은 곳에 자리 잡은 장주의 처소였다.

손님들로부터 옮은 병마와 싸우기 위해 외부인이 접근할 수 없는 곳에 마련한 처소이기에 주변에는 아무런 소음도 들리지 않아 그 목소리는 더욱 음산하게 울렸다.

목소리의 주인공은 오십대의 중년인이었다.

장주의 처소에서 가장 상석에 앉아 있는 사람이라면 음풍 장주 오선중이 분명할 것이고, 지금 그는 세수 칠십이 넘었어야 했다. 그러나 장주의 자리를 차지하고 있는 사람은 아무리

보아도 오십 중반으로밖에 보이지 않았다.

또한 그는 전혀 병약해 보이지 않았다.

오히려 어떤 사람들보다 강하고 단단해 보였다.

기운을 끌어올리지도 않았는데도 불구하고 전신으로 느껴지는 그의 기도는 시퍼렇게 갈아놓은 한 자루 칼처럼 날카로웠다.

음풍장의 장주 자리에 앉아 있는 사내는 음풍장주 오선중이 아니었다. 그는 산동 제일의 살수조직인 살막의 막주 사철해(史喆解)였다.

살막은 십 년 전까지는 하남의 모처에 자리 잡은 이름도 없는 작은 조직이었다.

물론 이름을 붙이자면 붙일 수도 있었지만 한창 커가는 시기였으므로 다른 곳의 견제를 받지 않기 위해 이름도 붙이지 않고 점조직으로 활동했다. 그러다가 십여 년 전, 문파를 하나 세울 정도로 세력이 커졌을 때 그들은 소리없이 하남을 떠나 이곳 산동으로 왔다. 그리고는 누구에게도 발각되지 않을 은신처를 물색했다.

대개의 살수조직은 음습한 계곡의 깊은 동굴 속이나, 일 년 내내 안개가 걷히지 않는 절해고도의 숨겨진 장소에 문파를 세우고 누구의 접근도 불허하며 유령 같은 생활을 한다.

그러나 살막주 사철해는 그런 생각들을 역이용하여 항상 손님들이 끊이지 않는 음풍장을 자신들의 터전으로 삼을 작정을 했다.

물론 그렇게 하자면 음풍장을 사들여야 하는데 장주 오선중은 목을 내놓는 한이 있더라도 절대로 팔려고 하지 않을 것이다.

그들을 위협하여 음풍장을 사거나 아예 빼앗는 것은 손바닥을 뒤집는 것보다 쉬운 일이었지만 그러면 갑자기 주인이 바뀐 음풍장을 눈여겨보는 사람들이 생길 것이다.

그건 사철해가 바라는 바가 아니었다.

고심하던 사철해는 껍데기는 그대로 두고 알맹이만 바꾸는 방법을 택했다.

한밤중에 음풍장을 습격한 사철해와 살수들은 장주 오선중과 그 가족들을 모두 잡아 한곳으로 모아놓고 지독한 공포감을 안겨준 후, 그들의 꼭두각시로 행동할 것을 명령했다.

하루 종일 책을 읽거나 시를 쓰던 그들에게 살수들은 저승사자보다 더 두려웠고 결국은 그들의 명령을 받아들일 수밖에 없었다.

사철해는 그들을 매일 해독약을 먹어야 하는 독에 중독을 시킨 후 완벽한 꼭두각시로 만들었다. 그리고 시간에 지남에 따라 서서히 그들의 특성을 파악한 후 역용이나, 인피면구 등으로 그들을 대신하며 대역이 가능한 사람들은 하나하나 제거해 버렸다.

지금은 오선중과 그의 아들 몇 명만 만약의 경우에 대비해

지하 밀실에 가두어놓고 그 외의 모든 사람은 살수들로 대체시켰다.

원래부터 외부로 나가지 않고 이곳 음풍장에서 은자의 생활을 하던 오선중과 그의 가족들이었기에 교류하는 사람도 얼마 없었고, 그나마도 십 년 전부터는 와병을 핑계로 만나주지도 않았기에 음풍장의 알맹이가 송두리째 바뀌었다는 것을 아는 사람들은 아무도 없었다.

그렇게 살막의 살수들은 살수집단의 본거지라고는 죽었다 깨어나도 생각지 못할 장소를 살막의 본단으로 삼아 활동하고 있었다.

"네 번의 습격이 모두 실패하고 그중 아무도 살아오지 못했다고?"

중년 사내 사철해가 질문을 반복했다.

"그렇… 습니다."

앞에 시립한 사내가 고개를 깊이 숙이며 답했다.

그는 이곳 음풍장의 총관인 음유기(陰柔期)였다.

물론 원래의 총관은 정자원(鄭紫原)이라는 사람이었는데 변장한 음유기가 그를 대신하고 있었다.

살막에서의 그의 별호는 잔월묵도(殘月墨刀)로 낮에는 음풍장의 총관으로 행세하며 문사풍의 사내로 행동했지만 살수 본연의 자세로 돌아와 한번 칼을 휘두르면 달마저 난도질 할 수 있다고 하여 그런 별호가 붙었다.

잔월묵도 음유기는 사철해의 심기를 불편하게 만든 것이 모두 자기 잘못인 양 온몸은 경직되어 있었다.

음유기의 대답을 들었음에도 불구하고 장주의 자리에 앉은 사철해는 한참 동안 아무런 말이 없었다.

긴 침묵이 갑갑했던지 음유기가 조심스럽게 고개를 들었다.

"몇 년 만이지?"

음유기가 고개를 들자 사철해는 침묵을 깨고 불쑥 질문을 던졌다.

"무슨……?"

음유기는 질문의 뜻을 파악하지 못하고 반문했다.

"네 번의 시도가 모두 실패한 것이 몇 년 만인가?"

사철해가 냉막한 표정과 함께 다시 물었다.

"오 년 전에 무당의 정운진인(鼎運眞人)을 처치할 때 이후 처음입니다."

음유기가 조금도 주저함없이 답했다.

그건 살막을 세운 이후 처음 있었던 일이고 그 후로 다시 일어나지 않았기에 길게 생각할 필요도 없었다.

"그때도 아무도 돌아오지 않았던가?"

"아닙니다. 독수비랑(毒手肥郎)은 돌아와서 한 달 이상 버티다가 죽었습니다."

음유기가 고개를 가로저으며 답했다.

그런 그의 얼굴에 분기가 어렸다.

그때가 살막으로서는 가장 치욕적인 날이었다. 또한 살막의 존립이 백척간두에 있던 날이기도 했다.

그때 만약 소면흉심(笑面兇心) 막진(莫眞)이 목숨을 버리며 정운진인과 동귀어진하지 않았다면 정운진인은 살막의 위치를 알아내고 무당 말코들을 이끌고 와서 살막을 강호에서 지워 버렸을 것이다.

그런데 오 년이 지난 오늘에 이르러 그때보다 더 치욕적인 일이 벌어졌다.

"청해마검이 그렇게 강했나?"

사철해가 음유기의 눈을 정시하며 물었다.

"최근 십 년 동안 활동이 없었기에……."

음유기는 말끝을 흐렸다.

살수행에 있어 가장 중요한 것은 청부 대상자에 대한 철저한 파악이다.

취미가 무엇이고 습관이 어떤 것인지, 어떤 음식을 좋아하고 어떤 음식은 싫어하는지, 어느 시간대에 어디로 가는지, 가족관계, 무공의 정도, 재산, 주변인물, 기타 등등…….

때로는 대상자 자신도 모르고 있던 습관들이나 행동들까지도 살수들은 더 잘 알고 있는 경우도 허다했다.

그렇게 사소한 것도 놓치지 않고 특성들을 조사하고 면밀히 분석하다 보면 그 대상자의 움직임이 훤히 머릿속에 떠오르고 그 속에서 빈틈을 찾는 것이다.

청해마검에 대한 청부를 받은 후 마찬가지로 그에 대해 여러 각도로 조사를 했었다.

그러나 십 년이 넘는 공백이 문제였다.

예전에는 명성이 자자했다고 들었지만 십 년의 공백은 무쇠도 녹이 슬어 부스러기로 흩어질 만한 시간이다. 그 단절된 시간의 벽은 판단을 어렵게 만들었고 예전의 명성에 준해서 살수들을 보냈는데 처절한 실패로 귀결되었다.

판단이 잘못될 수도 있었고, 그간 청해마검의 무공이 향상되었을 수도 있었다.

어쨌든 지금부터는 백지상태에서 다시 계획을 짜야 한다는 것이다.

"은영각(隱影閣) 인원들을 모두 소집하라."

사철해가 냉정한 음성으로 단호하게 말했다.

"모두라 하심은?"

음유기가 긴장된 표정을 지었다.

은영각은 삼 년 전쯤 살막에서 새로 만든 조직이다.

살막은 이곳으로 본거지를 옮기고 그동안 수많은 청부를 성공시키며 확고한 위치를 잡았다. 그 명성과 함께 이제 한 단계 더 도약할 계획 아래 은영각을 조직하고 막대한 금액을 들여 열 명의 살수를 키웠다.

아직 한 번도 살수행을 나가지 않았지만 그들은 모두들 지금까지 살막에서 배출한 살수들보다 최소한 두어 단계는 더 뛰어난 능력을 발휘하게끔 훈련시켰다.

원래 계획은 일 년은 더 수련을 쌓고 내보낼 생각이었는데 살막 역사상 가장 강력한 상대를 맞아 서둘러 소집하는 것이다.

"각주를 비롯한 열 명 전원을 회의실에 대기시켜라!"

"복명!"

칼로 자르는 듯한 사철해의 명령에 음유기는 얼른 허리를 꺾었다.

수십 명 정도가 들어갈 수 있는 실내에 한 명의 인원이 뒷짐을 진 채 서 있었다.

이곳은 살막의 회의실이었다. 그리고 뒷짐을 진 인영은 살막의 막주 사철해였다.

사철해가 먼저 온 듯 은영각 인원들은 아직 모습을 보이지 않았다.

자못 불경스런 광경이기도 했다. 그러나 사철해의 표정은 조금도 달라지지 않았다.

"모두 나오너라!"

사철해가 목소리를 높이자 한쪽 벽이 스르르 움직이기 시작했다. 그리고는 그곳에서 한 명의 인영이 모습을 드러냈다.

그것은 마치 진흙반죽에서 작은 덩어리 하나가 떨어져 나
오는 것 같았다.

벽에 완전히 동화되어 있다가 벽의 일부가 떨어져 나와 사
람으로 변하는 모습이었다.

그것을 시작으로 바닥에서도 한 명이 솟아오르고 천장에
서도 고드름이 길어나듯 한 명의 인영이 떨어져 내렸다.

스슥―

스슥!

기둥과 문, 벽에 걸린 대형 액자 속에서도 사람들이 솟아나
왔다.

보통 사람들이 그들을 보았다면 그 자리에서 기절을 하고
도 남을 만한 광경이었다.

사철해는 하나둘씩 모습을 드러내는 은영각 인원들을 관
심 가득한 눈으로 지켜보았다.

아직 본연의 무위는 드러내지 않았겠지만 은신술만으로도
큰 성취가 있었다는 생각이 들었다.

저런 정도면 웬만한 고수들도 쉽게 눈치채지 못할 정도의
은신술이었다.

자신은 처음부터 이곳 어디엔가 저들이 은신하고 있을 것
이라는 사실을 알고 왔기에 존재를 느낄 수 있었지만 무방비
로 왔다면 저 중 몇 명은 놓칠 뻔했다.

그것은 그동안 투자한 노력이 헛되지 않았다는 말이기도

했다. 또한 살막이 한 단계 더 도약할 수 있다는 증거이기도
했다.

물론, 그것은 당장 눈앞에 닥친 청해마검을 처치한 다음의
일이었다.

사철해는 이젠 완전히 모습을 드러낸 은영각 무인들의 모
습을 하나씩 훑었다.

여덟 명은 남자고 두 명은 여자였다.

남자 여덟은 이십대에서 사십대까지고 여자 한 명은 이십
대와, 다른 한 명은 삼십대 중반정도였다.

그중에는 아는 얼굴도 몇 있었다.

예전에도 은신술에 조예가 있던 그들이 이곳에 차출되어
더욱 정진하고 있었던 모양이었다.

모두 편안한 수련복 차림이었다. 그래서 차림새로는 특징
이 구별되지 않았다. 또한 얼굴은 햇빛을 못 받아서 그런지
밀랍을 칠한 듯 푸르죽죽하여 하나같이 사람이 아니라 귀신
을 보는 것 같았다.

하지만 저들이 수련을 끝내면 제각각의 무공에 맞는 차림
으로 강호로 나가 악명을 떨칠 것이다.

“무슨 일입니까?”

제일 늦게 나타난 중년인이 의아한 표정과 함께 사철해에
게 물었다.

오 척 단구에 그나마 등을 굽었고 머리털마저 거의 다 빠친

채 귀 위로만 조금 남아 있어 아무리 비싼 옷을 입더라도 추괴한 인상을 떨칠 수 없는 중년인이었다.

그는 은영각주 우무상(優務常)이었다.

별호는 유령귀자(幽靈鬼子)로 살막의 살수 중 환술과 은형술의 고수였다.

몇 년 전부터 또 한 번의 도약의 필요성을 느낀 사철해는 수만금을 들여 음산(陰山) 유령곡(幽靈谷)으로부터 비급을 사들인 후 우무상에게 익히게 하고 특별히 뽑은 열 명에게 피나는 수련을 시키고 있었다.

이제 일 년 정도만 더 수련을 하면 모두 구 성 이상의 성취를 이뤄 살막을 산동 제일은 물론, 중원에서도 다섯 손가락 안에 드는 살수집단으로 만들 수 있을 것 같았다.

그런데 그 수련을 멈추며 모이라는 명령을 받았으니 납득이 가지 않는 얼굴이었다.

"급한 일이 있어 수련의 방해를 무릅쓰고 불렀네."

사철해가 늘어선 은영각 인원들을 둘러보며 답했다.

"급한 일?"

우무상의 눈 사이가 좁혀졌다.

그간 어떠한 일이 있어도 자신들의 수련을 방해하지 않았다. 그만큼 사철해가 은영각에 거는 기대가 컸고 또 그만큼 전폭적인 지지를 해주고 있었다.

"본막의 위치가 노출된 것입니까?"

우무상이 긴장된 표정으로 물었다.

그 정도면 급한 일이라 할 수 있었다.

"아닐세."

"그럼?"

"네 번의 습격이 모두 실패하고 아무도 살아오지 못했네."

사철해의 대답에 우무상을 비롯한 은영각의 인원들이 잠시 동요를 일으켰다.

오 년 동안 그런 일이 없었고, 앞으로도 그런 일이 벌어지지 않을 것이라고 생각했기 때문이다. 그만큼 자신과 동료들의 실력에 대한 믿음이 있었다.

"청부 대상이 누굽니까?"

잠시 침묵을 지켰던 우무상이 다시 물었다.

"청해마검이라는 늙은이일세."

"청해마검?"

우무상이 눈살을 찌푸렸다.

얼른 기억이 나지 않는 별호였다. 그래서 이곳에서 두문불출한 지난 삼 년간 새로 나타난 고수인가 싶었다.

그러다 무언가 생각난 듯 우무상이 번쩍 고개를 들었다.

"검기로 지옥의 그물을 펼친다는 그자 말입니까?"

이제야 오랜 세월동안 단절되었던 기억이 떠오른 모양이었다.

하지만 그 역시 한조산의 실력을 가늠하기 어려웠던지 고개를 갸웃거렸다.

"십 년 동안 사라졌다가 갑자기 나타났다네. 그자를 제거하라고 동창에서 청부가 들어왔고."

사철해가 고개를 끄덕이며 답했다.

"청부자가 동창이란 말입니까?"

우무상이 다시 눈살을 찌푸렸다.

동창이 의뢰한 청부는 항상 음습한 냄새를 풍겼다.

돈 받고 청부살인을 하는 자신들이야 청부자가 누구인지, 대상이 누구인지 전혀 상관할 일이 없었지만 기분이 나쁜 건 어쩔 수 없었다.

그들과 연계된 청부는 항상 예측 못한 결과로 번지거나 성공을 하더라도 출혈이 컸다.

오년 전에 맡은 무당 정운진인의 청부도 동창에 의한 것이다.

그때도 막대한 피해를 입고 하마터면 본거지가 탄로 날 뻔했다.

그럼에도 불구하고 그들의 청부를 거절 못하는 것은 청부금이 다른 건에 비해 몇 배나 높았다.

그것이 첫 번째 이유였다.

두 번째로는 그들의 의뢰를 거절했을 때 닥쳐오는 후폭풍이었다.

만약 그들의 제의를 거절하면 놈들은 자신들이 지닌 권력을 이용하여 온갖 방법으로 압력을 가해올 것이다.

놈들이 마음먹고 전력투구 한다면 이곳 본거지까지 알아낼 수도 있을 것이다. 그렇게 되면 살막은 집 잃은 강아지 신세로 전락하여 사방으로 떠돌다 해체될 것이 분명했다.

그런 저런 이유로 인해 살막주는 그들과의 끈을 끝까지 놓지 못하고 서로의 가려운 곳을 긁어주며 공생의 길을 걷고 있었다.

"그렇다네. 그리고 이번에는 그 청부금이 이만 냥이네."

이만 냥이라는 말에 우무상의 입이 자신도 모르게 벌어졌다.

사람 하나 죽이는 데 그만한 청부금을 받는다면 대상이 염라대왕이라 해도 거절하기 힘들 것이다.

"우리가 죽여주면 되는 것입니까?"

더 이상 설명이 필요 없다는 듯 우무상이 물었다.

사철해가 대답 대신 고개만 끄덕였다.

"죽여 드리지요. 그러잖아도 수련의 중간평가를 한 번쯤 받고 싶었는데 겸사겸사 하도록 하지요."

우무상이 보일 듯 말듯 미소를 지었다.

그를 따라 그의 부하들도 흐릿한 미소를 흘렸다.

"그 중간평가… 지금 한번 받아보게."

사철해가 번들거리는 눈으로 은영각주를 보며 말했다.

“어려울 것도 없지요. 시범적으로 두 가지만 보여 드리겠습니다.”

은영각주 우무상이 씨익 웃었다. 그리고는 부하들을 향해 손짓을 했다.

슈우욱—

우무상의 손짓이 다 끝나기도 전에 갑자기 한 명이 그 자리에서 사라졌다.

동료들의 몸을 은신물로 삼아 어디론가 모습을 감춘 것이다.

“한번 찾아보시지요.”

우무상이 자신감이 도는 표정으로 말했다.

사철해는 속으로 코웃음을 쳤다.

자신은 산동 최고의 살수조직인 살막의 막주였다. 그런 그에게 은신술을 펼치는 자들을 찾아보라는 것은 번데기 앞에서 주름잡는 일이나 마찬가지다.

살막주 사철해가 천천히 기감을 끌어올렸다.

사라졌던 은영각 살수들의 기척이 느껴졌다.

피잉—

사철해는 기척이 느껴지는 한 곳을 향해 지풍을 쏘았다.

격중된다면 혈이 점해져 그대로 굳어질 것이다.

그런데?

지풍에 격중당한 살수의 기척이 오히려 사라져 버렸다.

'이건?'

사철해는 눈을 크게 떴다.

금선탈각(金蟬脫殼).

자신의 몸을 숨기는 것만이 아니라 껍질 하나를 만들어 위장까지 했다. 그리고 그 껍데기에서 기척이 흘러나와 혼란을 주었다.

껍데기로 눈속임을 할 수는 있지만 껍데기에 생명력을 불어넣는 것은 평범한 수법이 아니었다.

그것은 어떤 물체에 피를 흘려 넣어 생명의 기운을 흘러나오게 하는 혈사교(血邪敎)의 음습한 수법이었다.

그렇다면 그동안 신비문파로 알려진 음산의 유령곡은 혈사교와 관련이 있다는 말이다.

'별 걱정을 다하는군.'

사철해는 속으로 쓴웃음을 지었다.

그들이 사교 무리든 마교 무리든 자신이 걱정할 일이 아니었다.

어쩌면 자신들은 사교나 마교 무리들보다 더 악독한 무리들로 낙인찍혀 있을 것이다.

그건 그렇고… 저것이 껍데기라면 그 알맹이는?

사철해는 기감을 더욱 끌어올렸다.

기감을 팔 성까지 끌어올렸을 때야 알맹이의 기척이 느껴졌다.

알맹이는 은밀하게 자신의 뒤로 돌아와 있었다.

"허공은영술(虛空隱影術)!"

사철해가 목소리를 높였다

살수들은 낙엽 한 조각에도 몸을 숨긴다고 했다.

그만큼 은폐물을 잘 이용한다는 말이다.

그러나 지금 은영각 살수는 아무런 은폐물도 없는 허공에서 몸을 숨긴 것이다.

그것은 은신술에 술법까지 응용한 무척이나 고무적인 수법이었다.

살막의 주인인 자신이 순간적으로 깜박 속을 정도였으니 전혀 예상하지 않고 있던 사람들이라면 아무리 고수라도 십중팔구는 속을 것이다.

사철해는 신속히 신형을 돌리며 다시 지풍을 쏘았다.

파앗—

이번에는 제대로 격중이 되어 금선탈각의 수법을 썼던 은영각 살수의 은신이 드러났다.

"고무적이군!"

사철해는 고개를 끄덕이며 가볍게 칭찬을 해주었다.

우무상이 다시 손을 흔들었다.

이번에는 여인이 천천히 앞으로 나섰다.

나풀!

한 발 앞으로 나선 여인이 윗옷을 한 겹 벗었다. 그리고 그것을 나풀나풀 흔들며 춤을 추기 시작했다.

"미혼공인가?"

사철해가 가소로운 웃음과 함께 공력을 끌어올렸다.

여인이 자신의 몸을 이용해 남자들의 음욕을 자극하여 현혹시키는 따위의 술법은 일찌감치 통달하고 남았다.

그러나 사철해의 예상과는 달리 여인은 더 이상의 옷은 벗지 않고 겉옷 하나만 벗어 손에 든 채 계속해서 춤을 추었다.

나풀—

나풀!

여인의 겉옷이 마치 천상의 비단인 양 한없이 부드럽게 허공을 휘저었다.

'미혼공이 아니라면 환희극락무라도 펼치자는 것인가?

사철해의 눈이 여인의 옷자락의 궤적을 따랐다.

그 옷자락에서 산공독이 흘러나오거나 갑자기 암기들이 튀어나올 수 있었기 때문이다.

그러나 한참이 지나도 옷자락에서는 아무런 독이나 암기도 튀어나오지 않았다. 대신 춤사위만 더욱 부드러워지고 있었다.

감기는 듯하면서 펼쳐지고, 펼쳐지는 듯하면서 감기는 옷자락이 마치 극락의 춤사위 같았다.

그 옷자락의 움직임을 보고 있으면 순박했던 어린 시절의 추억들이 떠오르며 마음이 절로 편안해졌다.

여인은 살수가 아니라 오히려 삭막한 마음을 춤으로 치료해 주는 선녀 같았다.

여인의 춤사위는 환희극락무가 아니라 그보다 한 단계 위인 환희산혼무(歡喜散魂舞)였다.

환희극락무처럼 전라가 되어 요란하게 펼치지 않으면서도 순간적으로 정신을 해이하게 만들고 불식간에 내공을 흩어버리는 수법이었다.

어느새 긴장했던 사철해의 마음이 풀어지며 잔뜩 끌어올렸던 내력마저 슬며시 흩어졌다.

그 순간,

파아앗—

나풀거리던 여인의 옷자락이 긴 비단천으로 늘어나며 사철해의 목을 노리고 들었다.

'엇!'

방심했던 사철해가 급히 신형을 틀었다.

춤사위에 홀려 진기가 흩어졌기에 몸이 둔하게 움직였다.

그 사이를 비집고 비단천이 감겨 들어왔다.

겨우 비단천을 피한 사철해는 순간적으로 내력을 다시 끌어올리며 반탄강기를 상체에 집중시켰다.

파앗—

여인의 옷자락에서 뻗어 나온 비단천이 사철해의 어깨어

림을 파고들었다.

급격하게 끌어올린 반탄강기로 인해 옷자락은 아무런 상처도 입히지 못하고 튕겨 나갔다.

휘리릭—

여인이 다시 손을 흔들었다.

옷자락이 온 사방을 감싸며 사철해를 향해 덮쳐들었다.

한 꺼풀의 옷이 마치 온 세상을 다 가린 것 같은 착각을 주었다.

정신을 차린 사철해는 쌍장을 어지럽게 흔들었다.

그의 손에서 무형의 압력이 강하게 퍼져 나갔다. 그로 인해 사방을 감싸던 비단천이 급하게 휘말려 갔다.

여인이 다시 손을 흔들자 비단천은 어느새 겉옷이 되어 여인의 상체에 착용되었다.

"용서를……."

옷자락으로 사철해의 어깨를 공격한 여인이 고개를 숙이며 뒤로 물러났다.

"아니야. 아주 좋아! 최근 들어 이렇게 당하긴 처음이군. 나도 수련을 좀 해야 되겠어. 하하!"

사철해가 괜찮다는 듯 손을 흔들며 호탕하게 웃었다.

긴장했던 여인의 얼굴이 활짝 펴졌다.

"아직은 수련 중이라 미흡한 곳이 많습니다. 하지만 청해 마검 그자를 잡기에는 부족함이 없다고 봅니다."

우무상이 자신감이 어린 음성으로 말했다.

"좋네. 기필코 그 늙은이를 죽여서 살막의 자존심을 되찾게."

"존명!"

우무상이 허리를 굽히자 열 명의 은영각 살수도 깊이 허리를 숙였다.

대접전
第三十章

　온 세상을 뒤덮은 폭설은 한참 전에 걷혀 이젠 폭설 속의 세상이 완전히 밖으로 드러났다.

　그건 한조산과 이한성에게 좋은 점도 되었고 나쁜 점도 되었다.

　좋은 점이라면 이동하는 데 발이 푹푹 빠지는 곤란을 겪지 않는다는 것이다. 또 살수들이 눈 속에 은신하지 못해 접근이 용이하지 않다는 것이다.

　물론 그들의 접근은 위험할 정도가 되기 전에 먼저 알아차렸기에 별 변수가 되지 못했다.

　나쁜 점은 산속으로 돌아다니며 식수를 구하기가 힘들어

졌다는 것이다.

눈이 세상을 뒤덮고 있는 한, 물 걱정은 할 필요가 없었다.

가죽주머니에 눈을 가득 넣고 한조산이 그 주머니에 양손을 대고 진기를 주입하면 금방 물이 되었다. 그것으로 목을 축이며 음식도 끓일 수 있었다.

그러나 눈이 녹아버리자 개울이 없는 곳에서는 물을 구하기가 힘들었다.

대부분의 경우 산줄기 곳곳에는 계곡이 있고 그곳에는 작은 개울이 흘렀지만 어떤 산은 특이하게도 물이 귀했다.

그런 곳에서는 물이 있는 계곡쪽으로 길을 잡아야 했는데 그런 예상 가능한 움직임은 살수들에게는 극히 유리한 상황이 된다.

마치 맹수들이 귀한 물웅덩이 옆에서 먹잇감을 기다리듯 살수들은 그런 경우 뒤를 쫓지 않고 길목을 기다리며 만반의 준비를 한다. 심지어는 식수원이 될 만한 물줄기 곳곳에 독을 풀어 괴롭히기도 한다.

그런 습격을 몇 번 받아 위험하기도 했지만 한조산의 검은 그들 역시 무참히 베어버렸다.

그리고 도합 네 번의 습격이 있은 후 근 보름 동안은 습격이 없어 한조산과 이한성은 숨을 돌리며 체력을 비축하고 있었다.

그 기간 동안 단 일각도 헛되이 보내지 않고 수련을 한 것은 말할 필요도 없었다.

그 열의에 있어서는 언제나 이한성이 한조산보다 한참 고수였다.

배우다 지치는 법은 있어도 가르치다 지쳐 나가떨어지는 법은 없는데 한조산은 그런 경우를 당했다.

언제나 이한성은 쉴 새 없이 가르침을 요구했고 한조산은 몇 번이나 이젠 좀 쉬었다 하자고 고함을 지르기 일쑤였다.

오늘 역시 이한성은 바위 위에서 돌부처가 되어 앉아 있었다.

아직은 검을 휘두르거나 신법을 익히는 등의 무공은 배울 단계가 아니었기에 이한성은 심법수련에 매진했고 조금이라도 막히는 부분은 바닥을 파듯 질문을 퍼부었다.

이한성의 운기 수련은 막연히 느끼며 행하는 것이 아니라 정수리에 생긴 눈으로 진기의 흐름을 보며 따라하는 것이기에 진도가 몇 배는 빨랐다. 그러나 심법과 운기를 일치시키는 과정은 그런 눈이 별 도움이 되지 않을 정도로 어려웠다.

특히 현천검문의 심법은 심오하기 짝이 없어서 무가의 자식으로 태어나 어려서부터 십 년 이상 체계적인 가르침을 받은 사람들이라 하더라도 난해할진대 그런 가르침은 물론, 공부도 얼마 하지 못하고 사서(四書) 정도나 겨우 들춰본 이한성이었기에 더욱 어려웠다.

　그런 어려움을 겪을 때마다 어김없이 질문공세가 펼쳐졌
고 한조산은 결국 질리고 말았다.

　"어떻게 된 놈이 가장 기본적인 것에도 그렇게 질문을 퍼
붓는 것이냐?"

　한조산은 하나 더하기 하나는 둘이라는 정도의 내용도 질
문을 하고 넘어가는 이한성에게 매번 그렇게 고함을 질렀다.
그러면서도 속으로는 혀를 내두를 때가 한두 번이 아니었다.

　당연히 안다고 생각하는 것!

　그러나 그것을 파고, 또 파들어 가다 보면 그 안에는 이제
껏 당연히 그러려니 하며 흘려 버린 것들도 많았다.

　물론 그런 부분은 대부분 흘려 버려도 상관이 없는 것들이
었지만 아주 드물게는 그것의 경계를 철저히 파헤치지 않았
기 때문에 다음 단계로 넘어가는데 큰 어려움을 겪은 부분도
있었다.

　절대고수의 반열에 오른 한조산이었지만 수련을 할 때는
절규를 토하고 싶을 정도로 벽에 막힌 적이 많았다.

　죽도로 고생을 하며 그 벽을 뛰어넘은 후 생각해 보면 그것
은 당연히 안다고 생각하며 그 경계를 철저히 파헤치지 않았
기 때문에 마주친 장벽이었다.

　그것을 뒤늦게 깨달았을 때 몽둥이에 뒤통수를 가격당하
는 느낌과 함께 안타까움이 몰려오는 것을 느꼈다.

　그때 조금 철저히 파헤쳤다면 그런 벽은 마주치지 않았을

것이고 수련의 성취도 더 빨랐을 것이다.

이한성은 그것들을 절대로 그냥 넘기지 않고 화두를 물고 늘어지듯 그 경계를 철저히 파헤치며 수련을 하고 있었다.

그래서 무공을 익히는 데는 참을성 없는 천재보다는 우직한 범재가 훨씬 유리하다고 했다.

이한성의 경우가 그러했다.

하지만,

우직한 범재라고 해서 다 그렇지는 않다.

우직한 범재에게서도 찾지 못한 그 무엇이 이한성에게서 느껴졌다.

그것은 철저함이기도 했고, 비범함이기도 했다.

이한성에게는 하나의 사실에 대해 다양한 각도에서 생각하는 성격상의 특성이 있었다.

그 다양한 각도에서 뜯어보는 사고방식으로 인해 훨씬 폭넓은 이해력을 갖추었다.

그건 한쪽 방향에서만 보면 사각형으로 인식되지만 다양한 각도에서 보면 육면체로 폭넓게 인식되는 것과 같았다.

젊은 시절 한조산 자신 역시 육면체를 단순한 사각형으로 인식함으로 인해 장벽에 마주친 적이 몇 번이든가?

그때 이한성처럼 철저히 뜯어보며 수련을 했더라면 지금

보다 한참 더 고수가 되었을지도 몰랐다.

'그렇다면 이놈은 희대의 천재인가?'

한조산은 눈을 가늘게 뜨고 이한성을 내려다보았다.

아무리 뜯어보아도 천재 같지는 않았다.

남들보다 이목구비가 뚜렷한 점은 인정하지만 세가의 귀공자 같은 기풍은 보이지 않았다.

좀 더 성장하고 무공을 익혀 강한 내면이 자연스럽게 외모로 풍겨 나오면 어떤 모습일지는 모르겠으나 지금은 천상 순박한 산골 촌놈의 모습이었다.

물론, 그 촌놈의 껍데기 속에는 혀를 내두를 만한 고집과 집요함, 그리고 담대함이 뭉쳐져 있지만…….

이한성을 훔쳐보던 한조산은 쓰게 웃었다.

자신이 누군가를 이렇게 감탄스런 눈으로 쳐다본 것은 바로 아래의 사제 청하검 이후 처음이었다.

현재 현천검문의 문주를 맡고 있는 사제 청하검!

그는 정말 뛰어난 기재였다.

사부께서 하나를 가르치면 열을 깨우치는 사람이 그였고, 어떤 상황에서도 남들보다 몇 배는 비범했다.

그야말로 천재의 전형이었다.

그러면서도 절대로 교만하거나 자신의 능력을 과신하지 않았다.

언제나 겸손하고 부드러운 미소를 잃지 않았다.

하지만 그가 무공수련에 임할 때는…….

그 부드러움은 온데간데없고 야차보다 더 지독하고 용광로의 불길보다 더 치열했다.

그 치열함이 일취월장의 성취를 이루게 하여 지금쯤은 사부보다 더 높은 경지에서 노닐고 있을 것이다.

그런 사제가 이한성으로 인해 뇌리에서 되살아났다.

'진유…….'

한조산은 사제 청하검의 아명을 입안으로 읊조렸다.

사문을 뛰쳐나오며 사형제들과의 인연도 끊었지만 언제나 마음 깊은 곳에는 그들이 자리하고 있었다. 또한 사문인 현천검문이 태산처럼 버티고 있었다.

자신은 돌아갈 수 없겠지만 자신의 제자 이한성은 언젠가 그들과 조우할 수 있을지도 모른다.

그때를 대비해 최대한 많은 것을 가르치고 싶었다.

그래서 그들이 제자 이한성을 통해 한순간이나마 자신을 추억해 주면 더 바랄 것이 없었다.

'그동안 게을렀군.'

사문과 사형제들을 생각하며 한조산은 지치고 흐트러진 마음을 다스렸다.

"흐읍—"

한조산의 각오를 읽기라도 한 듯 이한성이 긴 호흡과 함께 운기를 끝냈다.

“오랜만에 두 명이 나타났습니다.”

눈을 뜬 이한성이 왼쪽을 보며 말했다.

“알고 있다.”

한조산 역시 조금 전부터 느끼고 있었기에 천천히 내력을 끌어올렸다.

이한성의 시선을 따라 기감을 펼치다 보면 그곳에는 어김없이 살수들이 숨어 있었다.

물론 자신이 신경을 곤두세우고 있을 때는 이한성보다 먼저 느꼈다. 그러나 그건 내력을 끌어올려 기감을 확대시켰을 때였다.

이한성은 내력과는 상관없이 놈들을 보고 있었다.

그 때문에 항상 걸음이 느려 속을 끓게 만들었지만 고함을 지른다고 들을 놈이 아니었다.

“그런데 이전과는 많이 다릅니다.”

이한성이 거의 눈을 감은 채 말했다.

“어떻게 말이냐?”

한조산 역시 그걸 느끼고 있었지만 이한성의 시각에서 그들이 어떻게 느껴지는지 듣고 싶어 물었다.

“호흡의 색감이 다른 사람들과 너무 차이가 납니다.”

이한성은 자신만의 방식으로 설명했다.

마치 산그림자처럼 다가오는 두 개의 인영!

그들의 기색은 이제껏 보아온 사람들과는 전혀 달랐다.

그들의 몸을 타고 도는 숨결들은 하나같이 음울하면서도 칙칙한 색감이었다.

지금까지 보아온 정상적인 숨결의 사람들과는 전혀 다른, 딴 세상 사람들처럼 보였다.

어린 아이들의 희고 맑은 색감에 비해 노인들이나 병자들의 호흡은 다분히 탁한 색이기는 하지만 저들과는 비교가 되지 않았다.

저들은 처음부터 시커먼 연기를 들이마시고 그것을 다시 뿜어내는 것 같았다.

또한 그들의 몸속에도 그런 시커먼 연기가 휘돌고 있었다.

"마치 검은 연기를 마시고 내뿜으며 사는 사람들 같습니다."

이한성이 덧붙였다.

"어째서 그런 숨을 쉬는지는 모르겠지만 고도의 은신술을 익힌 놈들이다."

한조산은 약간 피곤한 음성으로 말했다.

이한성은 정수리에 신경을 집중하지 않고 눈을 떠서 앞을 바라보았다.

정수리에 생긴 눈을 이용하지 않고 바라보자 아무것도 보이지 않았다.

분명 두 사람이 은밀하게 접근하고 있었지만 눈으로는 아무것도 볼 수 없었다.

마치 공간 속에 은막을 펼쳐 놓고 그 은막 뒤에 숨어 움직이는 것 같았다.

"상대하기 힘든가요?"

이한성이 조심스럽게 물었다.

"경우에 따라서, 또 상대에 따라서는 그렇지."

꼼짝도 하지 않은 채 은신하는 것은 쉬운 일이다. 그러나 이렇게 움직이면서 은신이 가능한 것은 절대로 쉬운 일이 아니다.

살막에서 엄청난 금액을 투자하여 키운 은영각 살수들이 능력을 발휘하고 있었다.

"하지만 놈들 역시 숨을 쉬는 인간이다."

조금도 흔들리지 않은 음성으로 말한 한조산은 천천히 내공을 끌어올려 기감을 넓혀 나갔다.

두 놈이 먼저 다가오고 그 뒤로 또 다른 두 놈이 대기하고 있었다. 그리고 저 멀리 떨어져 있는 무리는 여섯이었다.

'도합 열 명!'

한조산은 살수들의 숫자를 빠르게 헤아렸다.

고도의 은신술을 펼치는 놈들이기에 전부 몇 명인지 확인하는 것은 무엇보다 중요했다. 그래야 모두 벨 때까지 방심을 하지 않게 된다.

살수들의 움직임을 주시하고 있던 한조산의 표정이 어느 순간 와락 찌푸려졌다.

살수들의 기척이 거의 느껴지지 않을 정도로 흐릿해져 버린 것이다.

조금 전까지는 분명히 느껴졌었다.

그런데 놈들의 기척이 극도로 약해져 버렸다.

한조산은 기감을 최대한으로 끌어올렸다.

희미하게 느껴지던 살수들의 기운이 조금은 더 강하게 느껴졌다. 그러나 그 정도라 해도 너무 약했다.

이런 정도라면 혼전중에는 더 감지하기 힘들 것이다.

인간이라면 아무리 감추어도 타고난 생기(生氣)가 흘러나오게 마련이고 한조산 같은 절정고수라면 아무리 미세한 것이라도 훤히 느낄 수 있다.

그러나 놈들의 생기는 너무 미약하여 마치 죽은 시체들 같았다.

'사술?

한조산의 뇌리로 그런 의구심이 스쳐 지나갔다.

뒤이어 처음부터 검은 연기를 마시고 뿜어내는 것 같다는 이한성의 말이 떠올랐다.

그게 무슨 뜻인지 아까는 이해가 가지 않았는데 이젠 어렴풋이 알 것 같았다.

놈들은 마공이나 사공에 뿌리를 둔 심법을 운기하며 사술을 펼치는 것이다.

그런 심법이라면 이한성의 눈에 검은 연기를 마시고 토하는 것처럼 보일 수 있었다.

'피곤하겠군.'

한조산은 눈살을 찌푸렸다.

지금은 온 내력을 기감을 넓히는 데 사용하기에 한참 먼 거리까지 식별이 가능하지만 공격을 하거나 수비를 하는 데 내공을 분산시키면 기감의 영역이 급격히 축소된다.

그때는 지척에 다가와서야 겨우 느낄 수 있을 것이고 자칫하면 곤란을 겪을 수도 있었다.

"놈들이 보이느냐?"

한조산은 이한성에게 물었다.

"조금전부터 시커먼 연기에 휩싸였지만 보입니다."

이한성은 눈을 감고 답했다.

"모두 몇 놈이냐?"

한조산이 속으로 적이 놀라며 다시 물었다.

"뒤쪽에 있는 여섯까지 하면 모두 열 명입니다."

이한성이 다시 눈을 뜨며 답했다.

이한성의 정확한 답변에 한조산은 혀를 내둘렀다.

기감을 최대한으로 끌어올린 자신만큼 정확히 느끼고 있었다.

"사술을 익힌 놈들이 분명하다. 그러니 정신을 똑바로 차리거라."

한조산이 강한 음성으로 경고했다.

"제일 앞의 두 사람이 더 빨리 다가오고 있습니다."

이한성이 고개를 끄덕이며 말했다.

한조산은 내력을 끌어올리며 앞을 주시했다.

우선 두 놈을 먼저 보내놓고 상황을 탐색하거나, 아니면 두 놈과 격전을 펼치는 순간 다른 두 놈이 빈틈을 파고들 생각일 것이다.

혼자서 상대한다면 저런 놈들쯤은 아침 해장거리밖에 안 되겠지만 이한성을 보호하며 싸워야 하는 입장이고, 또 그 과정에서 이한성에게 한 가지라도 더 가르쳐야 되는 입장이기에 신중하게 움직이고 있었다.

"사술은 아무리 대단하게 보여도 그것은 결국 속임수에 불과하다. 그리고 굳건한 마음과 강한 무공 앞에서는 그 어떤 사술도 통하지 않는다. 언제나 그것을 명심해라. 하앗!"

단호하게 말한 한조산은 자신의 말을 증명하기라도 할 듯 기합성과 함께 검을 휘둘렀다.

쉬이익—

한줄기 검기가 공간을 양단하며 뻗어 나갔다.

일순, 공간이 찌그러지며 그 속에서 한 인영 모습이 드러났다.

단혼(斷魂)이라 불리는 은영각의 살수였다.

그는 너무나 쉽게 자신의 은신이 드러난 상황이 이해가 되지 않는 듯 짧은 순간 경악한 표정을 지었다.

삼 년도 넘는 기간 동안을 은영각에 틀어박혀 유령곡의 무공으로 은신과 잠행, 기습에 대한 수련을 했다. 그 결과 은폐물이라고는 아무것도 없는 빈 공간 속에서 몸을 숨기며 미세한 기척도 없이 목표로 한 상대에게 접근할 수 있었다.

그런데 이 늙은이 앞에서는 그 수련의 결과인 은신이 너무나 쉽게 깨어져 버렸다.

'절대고수!'

단혼은 입술을 깨물었다.

절정고수의 수준을 넘어선 무인들에게는 환술이나 사술을 펼치는 것이 무척 힘들다는 것을 알고있다. 그런 고수들은 모든 감각기관이 눈이나 마찬가지고 피부도 눈의 역할을 한다.

그래서 지금 너무도 쉽게 은신이 깨어진 것이다.

휘리릭―

단혼이 손을 어지럽게 흔들었다.

퍼엉―

폭음과 함께 단혼의 손에서 장력이 터졌다.

제법 고강한 장력이었다.

그러나 장력은 속임수였다.

더욱 치명적인 것은 장력 속에 있었다.

장력의 폭음에 묻혀 투명한 은사 한가닥이 허공을 쓸어왔다.

절대고수가 아니면 아무것도 느끼지 못할 만큼 은밀한 공
격이었다.

단순히 신형을 옮겨 장력을 피하려던 한조산이 급히 상체
를 틀며 검을 휘둘렀다.

피잉! 하는 날카로운 음향과 함께 은사가 한조산의 검에 얽
혀들었다.

장력속에 숨겨진 은사를 간파한 한조산이 검을 세차게 그
어올렸다.

까가각—

은사가 끊겨 나가며 검이 자유로워졌다.

쉬익—

한조산이 살수 단혼을 향해 다시 검을 휘둘렀다.

필사의 공격이 무위로 끝나자 단혼은 신형을 뒤틀며 바닥
으로 떨어져 내렸다.

추락한 것이 아니라 의도적으로 빠르게 바닥으로 향한 움
직임이었다.

그렇게 바닥에 떨어진 단혼은 다시 모습을 감추었다.

"가소로운 수작!

한조산이 냉소와 함께 직도양단의 수법으로 검을 뿌렸다.

콰아앙—

폭음과 함께 땅거죽이 튀어올랐다.

그리고 그 사이로 핏물 한줄기도 같이 튀었다.

그만한 양의 선혈이면 제법 심한 상처를 입었을 것이다. 그러나 단혼의 모습은 드러나지 않았다. 도리어 숏구친 핏물이 핏빛 안개로 변하며 한조산에게로 덮쳐들었다.

자신의 몸에서 터져 나오는 선혈마저도 암습의 도구로 이용하는 독랄한 수법이었다.

쉬이익─

핏물의 장막 속에서 검 한 자루가 튀어나왔다.

슬쩍 신형을 튼 한조산이 검을 쳐올렸다.

카앙─

별로 힘을 들인 것 같지 않았지만 혈무 속에서 튀어나온 검이 박살이 나며 허공으로 튕겨올랐다.

한조산의 검에서 뻗어 나온 기운이 쇠로된 검을 유리조각처럼 박살을 낸 것이다.

쉬이익─

단혼의 검을 박살 낸 한조산의 검이 다시 춤을 추었다.

"크으윽─"

단말마의 비명과 함께 가슴이 쩍 갈라진 단혼이 바닥으로 나뒹굴었다.

쓰러진 단혼을 쳐다 볼 틈도 없이 한조산이 쾌속하게 앞으로 쏘아졌다. 동시에 그의 검이 땅바닥을 긁었다.

파아앙─

비단 천이 갈라지듯 땅이 갈라지며 움푹 파인 고랑이 길게 뻗어 나갔다.

고랑의 끝에서 또 다른 살수 한 명이 대경하며 튀어올랐다.

한조산의 신형이 흡사 유령인 듯 땅속에서 솟아오른 살수를 따라붙었다.

피피핑—

살수의 손에서 암기가 튀어나왔다.

그러나 한조산의 검은 암기와 함께 살수의 팔까지 한꺼번에 잘라갔다.

급히 팔을 회수한 살수가 신형을 회전시켰다.

잠시 눈앞에 나타났던 살수의 모습이 다시 허공속으로 사라졌다.

"흥!"

콧방귀를 뀐 한조산이 왼손을 쭈욱 뻗었다.

파앙—

강력한 장력 한줄기가 한조산의 좌장에서 터지며 허공을 쓸어 나갔다.

숨겨졌던 공간이 다시 드러나며 그 속에서 세 명의 살수가 섬전처럼 짓쳐들었다.

뒤쪽에서 접근하던 두 명의 살수가 혼전을 틈타 어느새 동료들과 합세한 것이다.

"제법!"

한조산이 냉소와 함께 세 명의 살수들을 향해 마주 쏘아나졌다.

까까까깡—

네 자루 검이 부딪치며 불똥이 튀었다.

뒤이어 한조산의 검에 마주친 세 자루의 검이 먼저 죽은 단혼의 검처럼 박살이 나며 터져 나갔다.

복면 사이로 드러난 세 쌍의 눈동자가 바람 앞의 촛불처럼 흔들렸다.

살행에 나서기 전에 상대가 알려진 것보다 훨씬 더 고수라고 들었지만 이 정도인 줄은 몰랐다.

단 한 번의 충돌에 검이 박살 나고 호구가 찢어져 피가 튀었다.

은신과 암습이 아닌, 정면승부로서는 살막주와 은영각주가 합공을 해도 안 될 것 같았다.

하지만 자신들은 어디까지나 암습의 달인들!

피피핑—

한 명의 입에서 날카로운 바늘 열 개가 한조산의 얼굴을 향해 뻗어 나갔다.

접근전을 하거나, 상대의 검에 심장이 꿰뚫리는 상태에서 동귀어진의 수법으로 펼치는 암기술이었다.

열 개의 바늘이 한조산의 얼굴과 눈동자로 박힌다는 생각이 드는 순간, 한조산의 신형이 그 자리에서 푹 꺼졌다. 그리고는 일 장 정도 옆에서 솟아오르며 번쩍! 하고 광채가 터졌다.

슈아앙―

악마의 그물이라고 하는 마라검기가 세 명의 살수를 향해 무지막지하게 덮쳐들었다.

"피해!"

세 명이 이구동성으로 고함을 질렀다.

너무나 강력한 검기 앞에서는 환술이니 사술이니 하는 것은 무용지물이었다.

이 순간은 오로지 강한 힘만이 공간을 지배하고 있었다.

"크윽!"

"크으윽!"

"아악!"

세 마디의 처절한 비명이 터져 나오며 마라검기에 고스란히 휩싸인 세 명의 살수가 육편이 되어 바닥에 흩어졌다.

자욱한 피냄새가 온 사방으로 퍼져 나갔다. 그와 함께 익숙한 욕지기가 치밀어올랐다.

이한성은 침을 꿀꺽 삼키며 들끓어 오르는 욕지기를 억눌렀다.

그럼에도 불구하고 속이 계속 울렁거렸다.

"강함과 잔혹함은 비례한다. 그것 역시 항상 기억해라."

한조산은 냉철한 음성으로 가르침을 내렸다.

이한성은 전적으로 그 말을 수긍했다.

사부 한조산뿐만 아니라 은하표국을 습격한 동창의 놈들도 그랬다.

강한 무공일수록 파괴적이었고, 그 무공에 당한 사람은 잔혹한 모습으로 절명하거나 치명적인 상처를 입었다.

강한 무공 앞에서는 환술이니 사술 따위는 통하지 않는다는 배움과 함께 그것도 배웠다.

자신 역시 강해지면 잔혹할 수밖에 없을 것이다.

그것이 무인의 운명이고 강호의 생리라는 생각이 들었다.

"그리고 그 잔혹함은 이제부터 시작이다."

호흡 한점 흐트러지지 않은 한조산이 멀리 앞쪽을 쳐다보며 말했다.

이한성은 눈을 감으며 앞쪽으로 신경을 집중했다.

음산하게 느껴지는 검은 색감의 그림자들!

여섯 개의 그림자가 빠르게 다가오고 있었다.

그러나 눈으로 보려고 하면 그들은 바람인 듯 전혀 보이지 않았다.

이한성은 다시 정수리에 신경을 집중시켰다.

여섯의 인영들이 검은 안개를 뿌리며 빠르게 다가왔다.

"호호호!"

갑자기 여인의 웃음소리가 고막을 때렸다.

마치 망치로 세차게 머리를 두드리는 듯한 충격이 느껴졌다.

이한성은 펄쩍 뛰듯 귀를 틀어막았다.

강력한 음공이었다.

그 속에 섭혼술까지 섞여 정신마저 혼미해졌다.

네 명의 동료가 무참히 베어진 것을 본 은영각 살수들은 작전을 바꾼 것이다.

우선 한조산과 동행한 이한성에게 충격을 주어 한조산의 집중력을 흐트린 후 공격을 하려는 의도로 여자 살수 중 한 사람이 이한성이 있는 곳을 향해 음공을 펼친 것이다.

"크윽!"

이한성은 마침내 비명을 토했다.

이런 경험은 처음이었다.

사람의 음성이 이렇게 고막을 후려파고 내장마저 뒤틀리게 만들 줄 몰랐다.

이렇게 조금 더 가다가는 속에 있는 것을 모두 게워내고 창자마저 토해낼 것 같았다.

이한성은 더욱 세차게 귀를 틀어막았다.

그러나 여인의 웃음소리는 여전히 고막을 후려해고 속을 뒤틀었다.

"현천심공을 운기하거라!"

한조산의 다급한 음성이 들렸다.

이한성은 혼미한 정신을 억지로 가다듬으며 현천심공을 운기했다.

　의식이 심공에 녹아들며 여인의 웃음소리가 조금 잦아드는 것 같았다.

“호호호!”

이한성이 심공에 빠져드는 것을 느꼈는지 여인의 웃음소리가 더욱 크게 울렸다.

“으윽!”

이한성은 다시 신음을 흘리며 고통스런 표정을 지었다.

찌이잉—

한조산의 검이 빠르게 떨리며 진동음을 토했다. 그러자 온 심혼을 뒤흔들듯 들려오던 웃음소리가 거짓말처럼 사르러들었다.

여인이 펼친 음공을 한조산은 검명으로 차단하고 있는 것이다.

“호호호!”

여인의 웃음소리가 좀 더 날카롭게 울렸다.

아까보다는 훨씬 더 강한 진기가 서린 웃음소리였다.

현천심공에 빠져들던 이한성의 표정이 미세하게 일그러졌다.

아직까지는 심법으로 강력한 음공에 대처하기에는 그 성취가 너무 모자랐다.

“갈!”

이한성의 표정을 살피던 한조산이 사자후를 터뜨렸다.

옆에 있는 이한성에게는 충격파가 울리지 않도록 터뜨린 사자후였다.

강력한 내공이 실린 고함에 여인의 웃음소리가 일순 멈추었다.

아마도 진기가 흩어졌거나 내부가 진탕된 때문일 것이다.

"재수 없는 늙은이!"

다른 여인의 음성이 들림과 동시에 비단천이 나풀거리며 온 사방을 감쌌다.

빨랫줄처럼 한가닥으로 날아오던 비단천이 어느새 사방을 감싸 나갔다.

온 공간에 비단천이 들어차며 마치 세상이 비단천 속에 파묻힌 것 같았다.

나풀!

비단천이 쉴 새 없이 펄럭거리며 그 속에서 기이한 향기가 흘러나왔다.

독향이거나 미혼향이 분명했다.

휘이잉―

한조산은 왼손으로 기막(氣幕)을 펼쳐 이한성 주위의 음파를 차단하고, 검을 흔들어 검풍을 일으켰다.

날아오던 독향이 더 이상 전진하지 못하고 한조산과 이한성의 주위로 흩어졌다.

"호호호!"

설상가상으로 잠시 멈췄던 여인의 웃음소리도 다시 터져 나왔다.

한조산의 볼살이 심하게 꿈틀거렸다.

하지만 그는 미동도 하지 않고 그 자리에 서 있었다.

섣불리 움직이면 이한성이 음공과 독공에 고스란히 노출될 수밖에 없기에 진기로 이한성을 보호하며 그 자리를 지키고 있는 것이다.

살수들은 한조산과 정면으로 부딪쳐서는 도저히 승산이 없다는 것을 간파하고 이한성을 집중적으로 공격하며 한조산의 발을 묶는 방법을 쓰고 있었다.

그들은 섣불리 접근하지 않고 멀찌감치 떨어진 상태에서 음공과 독공으로 이한성에게 치명적인 위협을 가하여 한조산의 신경을 끊임없이 분산시켰다.

나풀!

나풀—

비단천 속에 몸을 숨겼던 여인이 춤을 추며 환희산혼무를 펼쳤다.

한조산의 이마에 힘줄이 불거졌다.

"호호호!"

고막을 찢을 듯한 웃음소리와 치명적인 향기도 점점 더 세차게 흘렀다.

'잠시만 참아라!'

한동안 꼼짝도 않던 한조산이 은밀하게 이한성의 혈 몇 군데를 짚었다.

이한성의 기혈을 봉해 독이 침범하는 것을 최대한 막을 작정이었다.

그러나 무공의 햇병아리인 이한성이 그렇게 견딜 수 있는 시간은 반의 반 각!

그 안에 모든 것을 끝내야 했다.

"하앗—"

기합성과 함께 한조산이 허공을 향해 세차게 검을 휘둘렀다.

치이잉—

한조산의 검에서 폭발적으로 검기가 터져 나왔다.

파파파팡—

검기의 다발에 걸린 비단천이 수천 조각으로 잘리며 허공에 난무했다.

파아앗—

흩날리는 비단천의 조각 속으로 한조산의 신형이 섬전처럼 쏘아졌다.

"뒈져라!"

날카로운 여인의 목소리와 함께 한 자루 비도가 한조산의 목을 노리고 날아들었다.

비단천으로 사방의 공간을 차단하며 독향을 뿌리던 여인

이 날린 비도였다.

따앙—

한조산이 검을 흔들어 비도를 쳐 냈다. 그리고는 그 여세를 그대로 몰아 검을 그어 나갔다.

여인의 목을 베기 직전 한 자루 검이 쾌속하게 날아들었다.

한조산은 검을 틀어 날아드는 검을 쳐 냈다.

캉—

날카로운 쇳소리가 사방으로 터져 나갔다.

동시에 왼쪽 옆구리와 등 뒤에서 두 자루의 검이 쑤시고 들어왔다.

아직도 허공에 날리고 있는 비단천 조각에 몸을 숨기고 있던 자들의 공격이었다.

한조산은 쾌속하게 신형을 회전시켰다.

따다당—

콩을 볶는 듯 쇳소리가 터지며 불똥이 튀어올랐다.

'대체 어디냐?'

한조산은 아직도 모습을 드러내지 않은 두 살수의 기척을 찾았다.

처음 잠시 느껴졌던 그들은 혼전 중에 몸을 숨겨 더 이상 보이지 않았다.

기감을 최대한 끌어올리면 그들을 찾을 수 있겠지만 기막(氣幕)으로 음파를 차단하여 이한성을 보호하면서, 또 세 명의 살수들과 상대하느라 내력을 분산시키고 있는 지금은 불가능했다.

상대하고 있는 놈들 정도야 당장에라도 목을 벨 수 있지만 그 짧은 순간, 신형을 숨긴 놈이 이한성을 공격하면 치명적이다. 그러기에 어떻게 하든 숨어 있는 두 놈까지 모조리 불러낸 후 분산시킨 내공을 모아 한 번에 베어야 한다.

또한 최소한 두 명은 죽이지 말고 생포해야 한다는 어려움도 있었다.

살수는 죽이는 것보다 생포하는 것이 열 배는 더 어렵다.

놈들은 남을 죽이는 준비만큼 실패했을 경우 스스로를 죽일 준비도 하고 나온다.

그런 놈들을 꼼짝없이 생포하려면 몇 배의 심력을 쏟아야 한다.

"호호호!"

여인의 웃음소리가 다시 강하게 흘러나왔다.

자칫 이한성의 심맥을 터뜨려 버릴 수도 있었다.

사방에서 울려 나오는 소리로 정작 진원지는 찾을 수가 없었다.

한조산은 이한성 주변에 펼쳐진 기막으로 내력을 좀 더 주입했다.

그것을 느꼈는지 좌측에서 공격하던 살수가 맹렬히 검을 휘두르며 짓쳐들었다.

한조산은 뒤로 한 발짝 물러나며 강하게 살수의 검을 쳐 냈
다.

챙—

살수의 검이 까마득히 허공으로 날아올랐다.

검을 잃은 살수가 공포에 물든 눈을 하며 주춤 뒤로 물러났
다.

파앗—

한조산의 검이 물러나는 살수의 목을 날렸다.

피보라가 솟구치며 목을 잃은 살수의 몸이 바닥을 굴렀다.

"죽어라!"

다른 살수 두 명이 한꺼번에 달려들었다.

동료의 죽음에 흥분한 것이다.

몸을 뒤튼 한조산이 세차게 검을 그어 내렸다.

따다당—

암기가 튕겨 나가고 핏물이 솟구쳤다.

어깨어림이 쩍 갈라진 살수의 눈이 경악으로 물들었다.

어린애 하나를 보호하며 운신의 폭이 극히 제한적임에도
불구하고 전혀 빈틈이 없었다.

쉬이익—

쌔액—

동료의 피냄새를 맡고 흥분했는지 두 명의 살수가 더욱 세
차게 검을 뿌렸다.

휘익—

한조산의 검이 맹렬히 앞으로 쑤시고 나가며 또 다른 살수 한 명의 심장을 찔렀다.

검에 찔리기도 전에 살수의 심장에서 피가 튀었다.

서걱!

뒤이어 검이 심장을 파고들며 또 한 명의 살수가 죽어 넘어갔다.

그럼에도 불구하고 음공을 펼치는 여인과 다른 한 명은 악착같이 기척을 숨기고 있었다.

그들이 기척을 드러내지 않는 한 상대하는 놈들을 한꺼번에 죽일 수도 없다.

그럼 그들은 더 이상 나서지 않고 사라져 버릴 것이다.

'대체 언제 나타날 것이냐?'

한조산은 점점 초조해지는 기분을 느꼈다.

혈을 봉해 놓은 이한성에게 한계의 시간이 가까워지고 있었다.

'어디!'

한조산은 이한성을 쳐다보았다.

'이놈은?'

한조산은 눈을 부릅떴다.

혈이 봉해져 기식마저 거의 멈추어진 이한성의 얼굴이 한 방향으로 향해 있었다.

마치 천천히 뒤를 따르며 살수를 찾을 때와 같은 표정이었다.

심공을 운기하며 점혈된 상태에서도 이한성은 은신한 살수의 행적을 놓치지 않고 있었다.

혈이 봉해진 상태에서 그렇게 하려면 고도의 정신력과 함께 고수들도 힘들 정도로 고통이 따른다.

한조산의 예상대로 이한성의 입에서는 가는 선혈이 흐르고 있었다.

세차게 이를 악물며 잇몸 사이로 피가 흘러나오는 것이다.

'저곳!'

한조산은 이한성의 얼굴이 향한 곳으로 기감을 펼쳤다.

두 명의 기척이 극히 미세하게 느껴졌다.

그들은 같은 곳에서 서로의 기척을 상쇄시키며 은신했기에 더욱 찾기가 힘들었다.

우우웅—

한조산의 검이 무거운 진동음을 토했다.

은신한 두 명의 존재를 확인했으니 더 이상 시간을 끌 필요가 없었다.

인질 역시 새로 찾은 두 놈으로 하면 된다.

파아앙—

한조산의 검에서 시퍼런 검기가 온 세상을 뒤덮을 듯 뻗어나갔다.

마라십이검 제팔초식 마라혈참(魔羅血斬)이었다.

아직까지 팔 초식 이상 뿌려본 적이 없는 마라십이검이고 현재의 마라십이검의 무서움을 온 무림에 있게 한 초식이기도 했다.

"아아악!"

제일 앞쪽에 있다가 검기에 휩쓸린 여인이 비명과 함께 선혈을 토했다.

비단천으로 시선을 현혹시키던 여인이었다.

뒤이어 여인의 몸이 폭죽처럼 터져 나갔다.

"크윽!"

나머지 살수도 온몸으로 피를 뿜으며 바닥을 뒹굴었다.

"이제 그만 나오너라!"

한조산은 남은 두 명의 살수가 은신한 곳을 향해 쾌속하게 신형을 날리며 검기를 뿌렸다.

콰앙—

검기에 격중된 바위가 박살 나며 돌 조각들이 허공으로 튀어올랐다. 그리고 그 뒤에서 두 명의 살수도 함께 날아올랐다.

경악한 그들의 눈에 불신이 가득했다.

어떻게 이렇게 간단히 찾을 수 있고, 또 검기 한줄기에 그런 큰 바위가 산산조각으로 박살이 나는지 이해가 되지 않은 것이다.

그것을 이해하기에는 시간이 부족했다. 그리고 지금은 사력을 다해 도망을 쳐야 할 때다.

파아앙—

마라십이검의 제육초식 천라폭정이 뿌려지며 땅거죽이 터져 올랐다.

그곳은 두 살수의 퇴로였다.

도주하려던 일남 일녀의 살수가 기겁을 하며 신형을 멈추었다. 그사이로 한조산의 신형이 바람처럼 스며들었다.

팍!

팟!

각각 마혈이 점해진 두 살수가 뻣뻣하게 굳은 채로 바닥으로 쓰러졌다.

"지겨운 놈들!"

한조산은 쓰러진 두 살수를 쳐다보며 이를 갈았다.

이제껏 만나본 인간 중에서는 가장 은신술이 뛰어나고 신경을 박박 긁은 상대였다. 그로 인해 피로도가 몇 배로 가중되었다.

휘익—

살수에게서 눈을 돌린 한조산은 급히 이한성에게로 다가갔다.

앞섶이 선혈로 물든 이한성의 얼굴은 하얗게 탈색되어 있었다.

파파팟!

한조산이 이한성의 가슴 대혈 여러 곳을 두드렸다.

"컥!"

이한성은 기침과 함께 시커멓게 죽은피를 토했다.

혈이 봉해진 상태로 최소한의 기식만 유지한 채 정신을 놓고 있었으면 나았을 것인데 살수들의 위치를 한조산에 알리려 애를 썼기에 기혈이 뒤틀리고 내상을 입은 것이다.

"지독한 놈 같으니라고……."

한조산은 혀를 차며 이한성에게 타혈술을 펼쳤다.

이한성의 그런 노력으로 인해 마지막 살수 두 명은 찾았지만 이한성 본인에게는 단근참맥이나 폐혈봉맥 수법에 당한 것만큼이나 고통스러웠음이 분명했다.

그 고통을 견디고도 이한성은 신음 한 번 토하지 않았다.

한조산은 자신도 모르게 고개를 흔든 후 이한성의 명문혈에 손바닥을 대고 진기를 불어넣었다.

한조산의 웅혼한 내력이 이한성의 전신 혈도를 타고 돌며 뒤틀린 혈맥을 어루만지고 쌓인 탁기를 씻어냈다.

한참 후 이한성의 혈색이 서서히 정상으로 돌아왔다.

"괜찮은 것이냐?"

한조산이 걱정스런 표정으로 물었다.

"견딜 만합니다."

이한성이 고개를 끄덕이며 답했다.

표정과 안색으로 봐서는 아무런 일도 일어나지 않은 것 같았다.

"그럼 네 녀석에게 못 견딜 만한 것은 대체 무엇이냐?"

한조산이 안도의 한숨과 함께 물었다.

"사부님의 게으름으로 인한 허송세월입니다."

"말을 말자, 이놈아!"

정곡을 찔려 찔끔 한 한조산은 버럭 목소리를 높인 후 쓰러져 있는 두 명의 살수에게로 다가갔다.

한조산이 가까이 다가가자 일남 일녀의 두 살수 눈에는 죽음의 공포가 어렸다.

동료 여덟 명을 너무도 무참하게 베어버리는 그 잔혹한 손속은 자신들에게도 예외가 아닐 것임이 분명했다. 아니, 어쩌면 자신들은 생포되었기에 먼저 죽은 동료들에 비해 수십 배는 더 잔인하게 당할 수도 있었다.

"잠시 돌아앉아 있거라!"

한조산은 이한성을 쳐다보며 지시했다.

이한성이 등을 돌리자 한조산은 이한성의 등을 향해 지풍을 내쏘았다.

지풍에 의해 수혈을 짚힌 이한성이 스르르 바닥으로 무너졌다.

이렇게 한잠 자고나면 아직 남아 있는 고통도 말끔히 사라질 것이고 체력도 회복이 될 것이다.

하지만 한조산이 이한성을 잠재운 것은 지금부터 자신이 할 일을 이한성이 보지 않기를 바란 때문이었다.

이한성을 잠재운 한조산은 두 살수들의 아혈마저 짚은 채 옷을 모두 벗겨냈다.

둘 중, 한 명은 삼십대 초반의 여인이었지만 껍질을 벗기듯 옷을 벗겨내는 한조산의 손길은 한 치의 거침도 없었다.

두 살수의 옷을 모두 벗긴 한조산은 손바닥에 진기를 불러 일으켜 옷들을 모두 태워 버렸다.

그러자 살수들의 옷 속에서 타지 않는 물건들이 한 홉은 떨어져 내렸다.

모두 암기와 독 등, 암습에 필요한 것들이었다.

옷들을 모두 태운 한조산은 자신의 겉옷을 벗어 여자 살수에게 덮은 후 두 살수의 입을 벌려 입 속으로 손가락을 넣었다.

살수들의 입안에서도 독단과 의치(義齒)들이 뽑혀 나왔다.

살행이 실패해서 이렇게 생포될 상황이 오면 독단을 깨물어 자진을 한다. 그것도 실패하면 의치를 세게 깨물어 그 안에 숨긴 독으로 생을 마감하는 것이다.

그러나 그들은 청해마검을 만나 완벽한 무장해제를 당하고 있었다.

두 살수를 완전히 무장해제시킨 한조산은 차가운 눈으로 그들을 쳐다보았다.

칼날처럼 차가운 한조산의 눈빛에 두 살수는 자신도 모르게 진저리를 쳤다.

자진할 자유마저 박탈당한 그들의 눈에는 더욱 강한 공포감이 번져 나갔다.

살수들이 살행에 실패하면 어떤 일을 당하는지 잘 아는 그들이었다. 그래서 독단을 준비하고 다녔는데 그것을 모조리 빼앗겨 버렸으니 공포감이 가중되었다.

"난 성미가 급한 편이다. 그래서 바로 시작하겠다."

잠시 살수들을 내려다보던 한조산은 앞뒤를 싹둑 자른 채 말하고는 먼저 남자 살수의 혈 몇 군데를 짚었다.

'으윽!'

지독한 고통에 사내의 입이 딱 벌어졌다. 그러나 아혈마저 짚힌 그는 비명 한가닥 지르지 못하고 찢어져라 입만 벌렸다.

뒤이어 여자 살수의 혈도 짚어지고 두 살수는 저승에 가지도 않은 상태에서 지옥을 맛보고 있었다.

약 일 다경이 지난 후 한조산은 살수들의 혈 몇 곳을 풀어주고 아혈도 틔어주었다.

"아아악—"

"아악!"

뒤늦은 비명이 사수들의 입에서 터져 나왔다.

점혈이 풀린 지금은 고통이 전해지지 않았지만 그동안의

고통이 너무 지독했기에 두 살수는 목이 찢어져라 비명을 질
러댔다.

"내 말을 따르면 고통없이 죽여주겠다."

살수들의 비명이 끝났을 때 한조산은 차갑게 말했다.

살려주겠다는 말도 아니었다.

어떤 경우에도 살려줄 순 없지만 고통스럽지 않게 죽여주
겠다는 말이었다.

아무런 희망도 없는 말이었다. 하지만 두 살수에겐 그것만
큼 달콤한 유혹이 없었다.

죽음보다 수백 배는 더 지독한 고통!

그런 고통 앞에서 죽을 수도 없다는 사실은 극한의 공포였
다.

두 살수의 눈빛이 어지럽게 흔들렸다.

그러나 그들은 수년 동안 한계를 뛰어넘는 지독한 훈련을
받은 살막의 살수들이었다.

"늙은이. 시간 낭비하지 말고 죽여라."

남자 살수가 이를 갈며 말했다.

"어서 죽여라, 개 같은 늙은이."

여자 살수도 발작적으로 고함을 질렀다.

"후후!"

한조산이 차갑게 웃었다.

"제법 뼈대가 굵은 놈들이로고."

한조산은 우두둑 하고 손마디를 꺾었다.

"아직은 견딜 만한 모양이구나. 하지만 네 육십 평생 동안 한계를 초월한 고통 앞에서 꺾이지 않는 인간은 본 적이 없다. 증명해 보이지."

한조산의 손이 어지럽게 움직이며 두 살수의 혈을 짚어 나갔다.

第三十一章
잠적(潛跡)

산속의 밤은 성시보다 훨씬 빨리 찾아오고 또 장막을 친 듯 짙은 어둠을 몰고 온다.

어둠은 산에 있는 절벽의 빈 공간을 가득 채우고 사방을 암흑일색으로 덧칠을 해 나갔다.

휘이잉—

한줄기 바람이 어둠을 날려 보내려 안간힘을 썼지만 먹물 같은 어둠은 단 한치도 양보하지 않고 암흑의 세상을 만들었다.

옥함산에 위치한 음풍장에도 짙은 어둠이 내려깔리고 있었다.

어둠이 내리자 수려한 풍광을 자랑하던 음풍장의 모습은 온데간데없고 괴괴한 적막만이 온 장원 안을 감돌았다.

그러나 단 한 곳, 내당에는 곳곳에 등롱이 밝혀져 있어 짙은 어둠을 밀어내 주고 있었다.

그중에서도 내당 가장 깊은 곳에는 밤늦게까지 불이 밝혀져 있었다.

그곳은 음풍장의 장주가 기거하는 장주 처소였다.

물론, 겉으로만 그랬고 실은 살막주 사철해가 기거하는 살막주의 처소였다.

"호호호!"

"하하하!"

막주의 처소에서 오랜만에 낮은 웃음소리들이 새어 나왔다.

살수들도 사람인지라 울고 웃을 수도 있지만 살수무공을 익히면서부터 그들은 오욕칠정을 철저히 억제하기에 이런 무방비 상태의 웃음은 무척이나 이질적이었다.

"하하!"

이질적인 웃음소리가 다시 흘러나왔다.

이유는 이곳에서 사철해의 아들 사진용(史眞鏞)의 생일잔치가 벌어지고 있었기 때문이다.

올해 열네 살인 사진용은 사철해가 사십 줄에 들어서며 낳은 아들이었기에 언제나 눈에 넣어도 아프지 않을 만큼

아졌다.

　살수의 특성상 가족을 가지기 힘들었다. 사철해 역시 사십이 가까워질 때까지 홀로 살아오다가 살막이 확고한 자리를 잡고 나서 같은 살막의 여살수인 추혼비도(追魂飛刀) 조용화(趙隣華)와 혼례를 치르고 일남 일녀를 두었다.

　추혼비도 조용화는 살막에서 가장 뛰어난 여살수였다.

　별호에서 알 수 있듯이 그녀의 암기는 열두 자루의 비도였는데 열두 자루가 한꺼번에 발출되면 혼백까지도 따라잡는다고 할 정도로 가공할 비도술을 익혔다.

　그녀 역시 살막의 여주인이 필요한 시점이자, 여자 살수로서는 황혼기라 할 수 있는 서른 중반을 바라보는 나이가 되어 살수로서의 생을 마감하고 사철해의 품속에 안주하게 되었다.

　물론, 평소에 그들은 가족관계가 아니라 장주와 식솔의 관계로 생활하고 있었다. 그러나 관광객들이 모두 돌아간 밤에는 이렇게 가족관계가 복원되었다.

　살막주 사철해는 지금 살수집단의 우두머리가 아니라 평범한 가장으로 돌아가 인자한 웃음을 짓고 있었다.

　"호호호! 열네 살이 되더니 오빠도 이젠 제법 어른 티가 나네. 호호!"

　사철해의 딸 사진혜(史眞慧)가 교소를 터뜨렸다.

　그녀는 사진용보다 한 살이 더 작은 열세 살이었지만 나이보다 성숙해 오히려 누나처럼 보였다.

"쪼끄만 게 까불고 있어."

사진용이 눈살을 찌푸리며 핀잔을 주었다.

"피— 겨우 한 살 차이면서 야단이야. 그리고 나중에 결혼하면 오빠는 내 막내 시동생뻘일 텐데 뭘."

사진혜가 입술을 내밀며 약을 올렸다.

"우리 진혜가 요즘은 시집을 가고 싶은 모양이구나."

추혼비도 조용화가 짓궂은 미소와 함께 말했다.

이럴 때는 그녀 역시 여느 어머니 못지않은 부드럽고 인자한 여인으로 돌아가 있었다.

"어머니도 참! 전 결혼 같은 거 안 해요."

사진혜가 얼굴이 빨갛게 된 채 고함을 질렀다.

"행여 그럴라."

사용진이 콧방귀를 뀌었다.

나이답지 않게 조숙한 그녀는 벌써 음풍장의 청년 살수들에게 관심을 가지며 그들만 골라 무공을 가르쳐 달라며 쫓아다니기도 했다.

어릴 때는 아무것도 몰랐지만 이곳이 살수들의 터전이고 어머니 아버지가 살수란 것을 안 그들은 언제 목이 달아날지 모르는 살수들의 비정한 운명을 인식하며 나이보다 훨씬 일찍 철이 든 것이다.

또한 그들은 다섯 살이 되기 전부터 살수의 무공을 익혀 이제 몇 년만 지나면 살수행을 나가도 될 정도였다.

"하하! 언젠가 때가 되면 너희도 시집 장가가고 가정을 이루어야지."

술잔을 든 사철해가 너털웃음을 터뜨렸다.

그렇게 얼굴은 웃고 있었지만 눈은 더없이 무겁게 가라 앉아 있었다.

자신의 자식으로 살수의 운명을 타고난 그들이 정상적인 가정을 이룰 가능성이 얼마나 될까?

살막이 중원 제일의 살수조직이 되어 구파일방이라도 함부로 할 수 없을 정도로 힘을 기르면 그렇게 될 수도 있을 것이다. 그러나 이제 겨우 산동에서나 손꼽히는 처지로는 요원하기 그지없는 일이기도 했다. 특히 요즘처럼 출혈이 큰 경우에는 그것은 아예 불가능해 보였다.

이럴 때는 사철해도 자신이 살수인 것을 후회할 수밖에 없었다.

쪼르르―

사철해는 또 한 잔의 술을 입속으로 털어넣었다.

오늘 이 자라는 아들의 생일을 축하하는 가족만의 자리이기에 그 모든 생각은 떨쳐 버리고 평범한 가장으로 미소를 지으며 취하고 싶었다.

"저도 한 잔 더 주세요."

조용화 역시 비슷한 생각을 했던지 잔을 내밀었다.

어느새 그녀는 주기가 올라 볼이 발갛게 달아 올라 있었다.

"그럽시다. 오늘은 오랜만에 한번 취해봅시다."

사철해는 조용화의 술잔에 술을 가득 부어주었다.

서로 권하며 마신 술이 어느새 몇 병이 되었다.

"이제 그만 마셔야겠어요. 밤이 늦었으니 너희도 그만 숙소로 돌아가서 자도록 하여라."

더 이상 마실 수 없게 되자 조용화는 아들과 딸에게 잠자리에 들 것을 권유하며 자리를 봐주기 위해 그들을 따라 나섰다.

쪼르르—

혼자 남게 된 사철해는 다시 죽엽청 한 잔을 따라 마셨다.

"나도 이젠 그만 마셔야겠군. 내일은 할 일이 많아."

혼자소리로 중얼거린 사철해는 자리에서 일어섰다.

내일쯤이면 살행을 나갔던 은영각 살수들로부터 소식이 올 것이다. 그럼 동창에 소식을 전하러 사람을 보내고, 또 사상자에 대한 뒤처리도 해야 한다.

은영각 살수들이 단 한 명도 죽지 않고 돌아왔으면 좋겠지만 그건 살막이 소림사로 불리는 것보다 더 힘들 것이다.

자리에서 일어서서 서재 쪽으로 걸음을 옮기던 사철해는 온몸의 솜털이 일제히 곤두서는 느낌을 받았다.

오랜 살수생활을 통해 단련된 감각이 의식에 앞서 반응을 보인 것이다.

파앗—

사철해는 본능적으로 뒤쪽을 향해 손을 뿌렸다.

피핑—

그의 손에서 유성환(流星丸) 두 개가 맹렬한 속도로 날아갔다.

그가 던진 유성환은 평범한 모양의 메추리알보다 약간 더 작은 구슬이었다. 그러나 표면에 수많은 돌기가 있어 목표물을 가격하는 순간 그 돌기들이 가시처럼 튀어나와 몸속에 뿌리를 내린다. 그리고 그 가시를 통해 독액을 뿜어 넣는다.

일단 가격당하기만 하면 전투력 상실은 물론 생명마저도 순식간에 빼앗아가는 치명적인 암기였다.

퍼퍽—

유성환이 벽에 부딪치며 둔탁한 소음을 토했다.

무언가 미세한 기척을 느낀 곳이었지만 아무도 없었다.

'착각이었나?'

커다랗게 구멍이 난 벽을 쳐다본 사철해는 입맛을 다셨다.

하긴, 은신과 암습의 달인들인 살막의 막주가 거처하는 처소에 숨어들 인간이 있을 리 없다.

최근 들어 생긴 신경과민이 취기와 함께 착각을 일으킨 것이다.

사철해는 짧은 한숨과 함께 긴장을 풀었다.

순간!

쉬이익—

반대쪽 벽에서 섬뜩한 파공음이 들리며 은빛 섬광이 작렬했다.

사철해는 번개처럼 몸을 틀며 주먹을 뻗었다.

까앙!

권갑의 쇳조각에 검이 부딪치며 불똥이 튀었다.

'으윽!'

사철해는 답답한 비명을 삼켰다.

곤륜산의 현철로 된 권갑이 잘려 나가지는 않았지만 그곳으로부터 전해져 오는 충격파가 엄청났다.

이런 정도의 충격은 종남파의 장로 검우 진인(劍雨眞人)을 상대할 때 이후엔 처음이다.

아니, 검우 진인도 이 정도는 아니었다.

그의 검은 현란하기는 했지만 이 정도의 역도는 실려 있지 않았다.

검에 실린 역도만 본다면 검우 진인보다 더 강한 절정고수라는 말이다.

검은 야행의 차림에 검은 복면을 한 괴한이었다.

살수의 본거지에 괴한이 침입하다니?

기가 막힌 심정이었지만 섬전처럼 날아드는 검은 그런 생각들을 모조리 잘라 버렸다.

파앗—

사철해의 왼쪽 어깨에서 핏줄기가 튀었다.

신속히 주먹을 내밀었지만 좀전의 충격으로 인해 반응이 느린 결과였다.

이제 왼쪽 팔은 전투력을 상실했다.

다시 섬뜩한 기운을 내뿜으며 검이 날아들었다.

사철해는 신속히 몸을 틀며 요대를 풀었다.

취리리링—

요대에서 뽑혀 나온 연검이 방울뱀의 꼬리처럼 경고음을 토하며 공간을 쓸어갔다.

차앙—

연검이 괴한의 검에 부딪치며 비명을 토했다. 그리고는 천 조각처럼 싹둑 잘려 나갔다.

턱!

연검을 자른 괴한의 검이 목에 와 닿았다.

얼음장 같이 시린 기운이 경동맥을 타고 온몸에 전해졌다.

바위처럼 무거우면서도 바람처럼 빠른 검이었다.

힘이나 속도, 어느 것 하나 도저히 상대가 되지 않았다.

"이럴… 수가?"

사철해는 한탄 같은 신음을 토했다.

살막의 막주인 자신이 처소에서 암습을 당하고, 다섯 합도 겨루지 못한 채 검에 목덜미를 맡기게 되었다.

대체 이게 말이나 된단 말인가?

도무지 믿어지지 않는 일이었지만 목덜미로 전해지는 시린 기운은 냉정하게 현실을 일깨웠다.

"누구시오?"

사철해의 입에서 자신도 모르게 공대가 튀어나왔다.

절대강자에 대한 무인 본연의 자세였다.

"그걸 알아내는 게 네놈들 특기가 아니냐?"

얼음처럼 냉정한 노인의 목소리였다.

사철해의 두뇌가 맹렬히 회전했다.

그의 뇌리에 한 개의 별호가 떠올랐다.

"청해마검!"

사철해가 불식간에 외쳤다.

지금 이곳으로 쳐들어와 자신에게 검을 겨눌 사람은 청해마검뿐이다.

최근 몇 달 동안은 청부도 받지 않았다. 그리고 그 이전에 받은 청부는 모두 완벽하게 해치웠다.

현재 진행 중인 청부는 청해마검에 대한 것이고 역습을 당했다면 그것뿐일 것이다.

"무공보다는 머리 회전이 더 낫군."

청해마검 한조산이 살기 진득한 목소리로 말했다.

그의 검에서 새어 나오는 시린 기운이 당장에라도 경동맥을 끊고 울대까지 베어버릴 것 같았다.

'대체 이게⋯⋯?

사철해는 지독한 혼란에 머리가 터져 나갈 것 같았다.

은영각의 살수 열 명을 모두 보냈으니 청해마검은 죽은 목숨이라 생각했다. 문제는 얼마나 많은 살수가 살아 돌아오느냐 하는 것이었다.

그것만 신경 쓰고 있었는데 청해마검의 검이 목덜미에 닿아 있었다.

그렇다면 그들이 모두 죽었단 말인가?

설사 그렇다 하더라도 이렇게 본거지가 노출될 일은 생기지 않아야 했다.

이런 결과를 맞이했다는 것은 생포당해 자백까지 했단 말이다.

실패하고 자결을 할지언정, 생포는 당하지 않는 것이 살수들의 철칙이었다.

그렇게 하기 위해 몇 가지나 되는 안전장치를 하고 다녔던가?

독단과 독침, 의치속의 독액, 순식간에 심맥을 끊을 수 있는 심법…….

그 모든 것이 무의로 돌아가고 생포를 당해 본거지의 위치를 자백했단 말이다.

'청해마검…….'

사철해는 절망의 신음을 삼켰다.

청해마검은 자신의 예상보다 몇 배는 더 고수였다.

몇 번의 실패를 계기로 그 평가를 두 배는 더 높게 잡았지만 그것도 한참 모자랐다.

처음부터 그럴 줄 알았다면 이곳을 떠나는 한이 있더라도 청부 자체를 맡지 않았을 것이다.

동창 놈들의 청부 금액이 왠지 터무니없게 많은 것 같았는데 이런 독가시가 숨어 있었던 것이다.

후회는 아무리 빨라도 늦은 법.

이제는 엎질러진 물이었다. 그 결과, 파멸만이 남았다.

본거지가 들켜 역추적 당한 살수들이 살아남았다는 말은 아직 들은 적이 없었다.

"동창 놈들이 사주했나?"

눈을 질끈 감은 사철해의 고막으로 한조산의 음성이 들렸다.

주르르—

대답이 조금 늦어지자 검날이 살을 파고들어 피가 흘러내렸다.

"그렇소."

사철해는 자포자기의 심정으로 답했다.

"아들과 딸은 잘 키웠더군."

다시 들려온 한조산의 말에 사철해는 펄쩍 뛰듯이 고개를 돌렸다.

이곳이 첫 방문지가 아니란 말이었다.

자신을 제압하기 전에 아들, 딸과 부인을 먼저 만났다는 말
이다.

"그들을… 그들에게 무슨 짓을 했소?"

사철해가 발작적으로 고함을 질렀다.

"무슨 짓을 했을 것 같나?"

한조산이 차갑게 대꾸했다.

"설마… 죽인 건……."

"원한다면 그렇게 해줄 수도 있다."

"아, 아니오. 제발, 제발 살려주시오. 제발!"

사철해가 숨이 넘어가듯 애원을 했다.

"저승사자나 마찬가지인 살막주로서의 자존심은 어디다
팔아먹었나?"

한조산이 경멸어린 음성으로 말했다.

사철해의 얼굴에 수치감이 번졌다.

"남의 목숨을 취하는 살수로 살았으면 자신이나 자신 가족
도 언젠가는 그렇게 될 수 있다는 각오는 하고 있어야지."

한조산의 음성이 더욱 차가워졌다.

"난 죽여도 좋소. 그러니 내 가족들은……."

한조산의 말에 최소한의 자존심을 지키려 결심한 듯 사철
해는 한층 담담해진 음성으로 말했다.

"그래야지. 그 정도는 되어야 살막의 주인이라 할 수 있
지."

말이 끝남과 동시에 한조산은 사철해의 목 어림 한곳에 있
는 혈을 짚었다.

단 한 치의 빈틈도 허용하지 않는 냉정한 손속이었다.

대화가 길어지면 긴장이 떨어지고, 그 사이 빈틈이 생길 수
도 있다.

사철해 역시 그런 틈이 생기기를 내심 바랬지만 한조산은
한발 앞서 혈을 짚어버렸다.

"네 가족들과 함께 대화를 나누도록 하지."

한조산은 뻣뻣하게 굳은 사철해의 목을 한손으로 잡았다.

당당한 체구의 사철해가 마치 헝겊인형이 들리듯 한조산
의 한손에 들려 밖으로 이동했다.

살막의 내당에 딸린 회의실은 수뇌부들만 모여 중대 사안
을 의논하는 곳이기에 그리 넓지 않았다.

정방형 탁자가 한 개 있고 그 주위로 열 명 정도 앉을 수 있
도록 준비되어 있었다.

지금 그곳에는 빈자리가 둘밖에 없이 여덟 명의 사람이 앉
아 있었다.

막주 사철해와 그 옆으로 그의 부인 조용화, 그리고 그들의
아들 사진용과 딸 사진혜가 앉아 있었다. 맞은편으로는 총관
음유기와 은영각주 우무상, 그리고 내당주 독혈편(毒血鞭) 공
철기(孔哲記)와 외당주인 쌍마겸(雙魔鎌) 육지하(六止夏)가 앉

아 있었다.

막주와 막주 가족, 그리고 내, 외당주에 총관과 은영각주라면 살막의 가장 핵심 인물이었다.

만약 지금 당장 그들 여덟 명을 제거해 버린다면 살막은 머리를 잃은 뱀처럼 허우적거리다가 결국은 사라져 버릴 것이다.

그렇게 살막의 핵심 인물들이 모두 모였지만 근 일각이 되도록 그들은 단 한 마디 말도 하지 않은 채 그 자리에 앉아만 있었다. 비단 말이 없을 뿐 아니라 일각 동안 그들은 미동도 하지 않았다.

그럴 수밖에 없는 것이 지금 그들은 모두 혈을 짚여 움직이고 싶어도 손끝 하나 움직일 수 없는 상태였다.

그들 모두를 제압하여 혈을 짚은 사람은 물론 청해마검 한조산이었다. 그러나 지금 그의 모습은 회의실 어느 곳에도 보이지 않았다.

다시 일각 정도가 더 지난 후, 회의실의 문이 열리며 한조산의 모습이 나타났다.

그의 뒤에는 이한성이 따르고 있었다.

한조산은 이들 모두의 혈을 짚어 놓고 밖에 숨겨두었던 이한성을 데리고 온 것이다.

한조산과 이한성을 본 살막 사람들의 눈에는 짙은 공포감과 함께 의구심이 어렸다.

공포는 자신들의 무공이 단 일 초도 통하지 않는 절대강자 한조산에 대한 것이고, 의구심은 같이 나타난 이한성에 대한 것이었다.

한조산이 자신들을 바로 죽이지 않고 여태까지 시간을 끈 것도 납득이 가지 않았지만 살막 한가운데로 소년을 데리고 온 것은 더욱 이해가 되지 않았다.

"그곳에 앉아라!"

한조산이 이한성에게 빈자리 하나를 가리키며 말했다.

그 자리는 은영각주 우무상의 옆이었다.

왜소한 체격에 추괴하기 짝이 없게 생긴 우무상이었다.

좀 심하게 표현하자면 늙은 괴물 같은 모습이기도 했다. 그러나 이한성은 일말의 망설임도 없이 우무상의 옆에 앉았다.

맞은편에 앉아 있는 사진혜의 눈이 이리저리 흔들렸다.

살막주의 딸인 자신이라도 은영각주 우무상 옆에 가면 소름이 돋았다.

비록 자신에게는 부드러운 표정을 짓고 친절하게 말을 걸었지만 온몸으로 풍기는 죽음의 냄새는 감당하기 힘들었다.

그런데 자신과 비슷한 또래로 보이는 소년이 아무런 거리낌 없이 우무상 옆에 태연히 앉는 것은 놀랄만한 일이었다.

하지만 그녀의 그런 호기심은 한조산에 대한 지독한 두려움으로 이내 사라지고 눈동자에는 죽음의 공포감이 어려갔다.

추혼비도로 불리는 그녀의 어머니는 아버지와 은영각주를
제외하고는 이곳에서 가장 고수였다.

그녀의 비도를 일곱 개 이상 받은 사람은 아직 보지 못했
다.

그런데 앞에 서 있는 노인에게는 열두 개를 모두 던졌지만
너무도 쉽게 한손으로 흘어버리고 순식간에 어머니의 혈도를
제압했다.

그 무위는 어린 나이였지만 경악스러울 정도였다.

그것만으로도 놀랄 지경인데 이곳에 와보니 은영각주를
비롯한 네 명이 먼저 제압되어 끌려와 있었고, 급기야 아버지
도 목이 잡힌 채 허공에 들려 들어왔다.

그야말로 저 노인은 저승사자라는 생각이 들었다.

저승사자 앞에 이렇게 잡혀왔으니 이젠 죽을 일만 남은 것
이다.

사진혜의 눈에서 자신도 모르게 눈물이 흘러내렸다.

"네놈의 아혈만 풀어 주겠다."

이한성이 자리에 앉자 한조산은 살막주에게로 다가가 턱
아래를 손가락으로 찍었다.

"대체… 우릴… 어떻게 할 생각이오?"

아혈이 풀인 사철해가 억눌린 음성으로 물었다.

한조산이 냉엄한 눈으로 사철해와 그의 가족들을 쳐다보
다가 입을 열었다.

“살수로서 청부대상에게 사로잡히면 어떤 일을 당한다는 것쯤은 알고 있겠지?”

“그건······.”

“죽는 것이야 당연 하고… 그것에 더해 인간으로서는 겪을 수 없는 처절한 고통을 받다가 말라죽지. 그건 자업자득 아니더냐.”

한조산이 입꼬리를 비틀며 말했다.

“그럼 우리에게 그 고통을 안겨주기 위해 이제껏 살려놓았단 말이오?”

사철해가 눈을 사납게 뜨며 말했다.

한조산의 말이 맞기는 했지만 그만한 절정고수가 이런 일을 벌인다는 것이 믿어지지 않았다.

퍼억!

한조산의 검갑으로 사철해의 어깨를 때렸다.

“크윽!”

눈을 치뜨던 사철해가 고개를 꺾었다.

“우선 네놈부터 그 고통을 느끼게 해주겠다.”

한조산은 말이 끝나자마자 사철해의 가슴과 등에 있는 혈들을 빠르게 두드렸다.

한조산의 손끝이 혈을 두드릴 때마다 기혈이 뒤틀리고 막히면서 온몸의 신경을 가닥가닥 끊어내는 것 같은 고통이 밀려 왔다.

살막의 주인으로 고문 기술이나 인간이 느끼는 통증에 대
해서는 전문가라 할 수 있었다.

그런 그였지만 평생 이런 고통은 처음이었다.

인간의 몸이 어떻게 이런 고통을 느낄 수 있는지 불가사의
하다는 생각이 들 정도였다.

비로소 어떻게 해서 본거지가 노출되었는지 이해가 갔다.

이런 고통이라면 아무리 은영각 살수들이라도 견뎌내지
못했을 것이다.

사철해는 턱을 덜덜 떨며 이를 악물었다.

그러나 그 고통은 시간이 갈수로 배가되었다.

"크윽!"

이를 악물던 사철해가 마침내 비명을 토했다.

한번 터져 나온 비명은 봇물이 터지듯 흘러나왔다.

"으아아아악—"

사철해의 비명이 내당을 무너뜨릴 듯 처절하게 울려 퍼졌
다.

사철해의 비명 소리를 들은 사람들의 눈이 찢어져라 커졌
다.

살막주 사철해는 팔이 잘려 나간다 하더라도 신음 한가닥
흘릴 사람이 아니었다.

실제로도 젊은 시절 검이 허리에 박혔을 때도 숨 소리 하나
흐트러지지 않고 이를 악물며 청부대상자의 목을 베었다.

그런 지독함이 오늘 날 그를 살막주에 오르게 했다.

그런데 이런 처절한 비명을 지르다니?

도저히 이해가 되지 않았다.

또한 그것은 더욱 거대한 공포감을 몰고 왔다.

"주인이 고통을 겪는데 네놈들만 가만히 있을 수는 없겠지."

목이 찢어져라 외치는 사철해의 처절한 비명에도 눈 한번 깜짝하지 않은 한조산은 은영각주와 총관, 그리고 내, 외당주에게도 똑같은 폐혈술을 펼쳤다.

그러나 그들은 여전히 아혈이 봉해진 상태인지라 비명조차 지르지 못하고 지옥의 고통을 경험했다.

그들은 비명을 지르고 있는 사철해가 지금 이 순간 세상 누구보다 부러웠다.

비명이라도 지르면 고통은 감소된다.

비명 한 마디 지르지 못하며 지독한 고통을 감내하는 것은 그야말로 지옥이었다.

"크아아아악!"

시간이 지날수록 사철해의 비명 소리는 더 커지고 처절해졌다.

반면 비명조차 지르지 못하는 은영각주 등은 눈알이 튀어나올 정도로 충혈되었다.

'제발!'

사철해의 딸 사진혜는 귀를 틀어막고 싶은 심정이었지만 손가락 하나 꼼짝도 할 수 없이 두 눈만 크게 떴다.

대체 어떤 고통인지 상상도 되지 않았다.

언젠가 어깨 한곳에 표창이 박힌 채 돌아온 아버지가 그 표창을 빼낸 자리에 벌겋게 달군 쇠꼬챙이를 넣어 상처를 태우는 것을 본 적이 있었다.

그 지독한 고통에도 아버지는 '크으으ー' 하는 억눌린 신음만을 내뱉었을 뿐이었다.

그런데 저런 비명이라면?

사진혜는 자신이 조금이라도 그 고통을 나누고 싶었다.

그게 아니라면 자신에게도 저런 고통을 주었으면 했다. 그러나 노인은 자신과 오빠, 그리고 어머니의 몸에는 손을 대지 않았다.

아니, 제일 먼저 점혈을 했지만 곧 해혈을 하여 고통은 겪지 않고 있었다.

'제발!'

사진혜는 맞은 편에 앉은 이한성을 쳐다보며 애원의 눈빛을 보냈다.

자신 또래이거나, 많아야 한두 살 더 먹은 것 같은 소년이니 자신의 애절한 눈빛을 모른 척 하지 않으리라 생각했다.

구해 주지는 못할지라도 아버지가 겪는 고통의 시간을 조금이라도 줄여 주리라 생각했다.

그러나 이한성은 자신에게 단 한 번도 눈길을 주지 않았다.

노인과 별로 차이나지 않는 냉철한 표정으로 모든 상황을 주시하고 있었다.

'소악마!'

사진혜는 마침내 눈을 질끈 감았다.

지옥 같은 시간이 얼마나 흘렀는지 몰랐다.

어느 순간 사철해의 비명이 줄어들었다.

한조산이 봉했던 혈을 풀어준 것이다.

뒤이어 한조산은 다른 사람들의 혈도 풀어주었다. 그리고 그들의 아혈도 풀어주었다.

"으아아악!"

"크아아악!"

네 사람의 살막 인원들이 뒤늦게 비명을 질렀다.

혈이 풀려 고통은 잦아들고 있는 시점이었지만 그것만으로도 너무나 지독한 통증이라 비명을 멈출 수가 없었다.

"꽤나 시끄럽군. 당장 입을 다물지 않으면 다시 시행하겠다."

한참이 지나도 비명이 멈추지 않자 한조산은 차가운 음성으로 경고했다.

내당이 떠나갈 듯 터져 나오던 비명이 거짓말 같이 멈추었다.

"견딜 만하더냐?"

한조산이 은영각주를 쳐다보며 물었다.

"으으—"

은영각주가 대답대신 공포에 질린 신음만 토했다.

"차라리 죽여주시오."

외당주 쌍마검 육지하가 눈물 콧물이 범벅이 된 상태로 애원했다.

지금 그에게는 살수의 독랄함이나 자존심 따위는 손톱만큼도 찾을 수 없었다.

다시 그런 고통을 겪느니 백번을 거듭 죽는 것이 더 나을 것 같았다.

"그럴 생각이었으면 만나자마자 죽였을 것이다."

냉랭한 음성으로 말한 한조산이 사철해에게로 눈을 돌렸다.

사철해의 눈에 짙은 의혹이 어렸다.

무언가 목적이 있어 바로 죽이지 않고 이런 일을 벌이고 있다는 생각이 들었지만 그것이 무엇인지 짐작이 가지 않았다.

"이젠 네 가족들에게 같은 수법을 펼칠 생각이다."

갈피를 잡을 수 없는 한조산의 말에 사철해의 눈이 공포로 물들었다.

죽는 것이 백 배는 더 낫다고 생각되는 고통을 자신의 부인과 아들, 딸이 겪게 할 수는 없었다.

"내 자존심과 모든 것을 다 버리고 당신의 발바닥이라도 앓을 테니 제발 그것만은……."

사철해의 눈에 눈물이 고였다.

너무나 지독한 고통 앞에서 그는 완전히 무너지고 있었다.

"그럼 내가 시키는 대로 하겠느냐?"

비로소 한조산이 자신의 목적을 꺼냈다.

"하겠습니다. 그러니 제발 가족만은……."

사철해가 미친 듯이 고개를 끄덕였다.

잠시 사철해의 눈을 쳐다보던 한조산은 입을 열었다.

"오늘부터 우리는 오 년 동안 이곳에서 머물며 수련을 할 생각이다. 연공실은 있겠지?"

"있기는 하지만……."

사철해의 눈에 의구심이 어렸다.

독사가 우글거리는 동굴이나 마찬가지인 이곳에 오 년이나 기거하겠다니?

그렇게 되면 목숨이 열 개라도 살아나가지 못할 것이다.

자신은 물론이고 여기에 있는 다른 사람들도 기필코 오늘의 치욕을 갚기 위해 죽이려 들 것이다.

지금 당장은 혈이 봉해져 어쩔 수 없지만 한 치의 빈틈이라도 생기면 목줄을 끊어놓을 것이다.

"길게는 오 년, 짧게는 사 년 동안 이곳 수련실에서 수련을 하겠다. 물론 그동안 능력이 있다면 날 죽여도 좋다."

한조산이 사철해의 생각을 다 알고 있다는 듯 비릿하게 웃었다.

"조금 전에 네놈들에게 내가 펼친 점혈술은 내가 젊었을 적 어떤 사파의 무인에게 배운 것이다. 악독하기 짝이 없는 점혈술이어서 아무리 지독한 인간이라도 견디지 못할 정도로 고통스럽지. 뿐만 아니라 그 점혈술은 해혈법 역시 너무 난해해서 나 역시 완전한 해혈법은 익히지 못했다."

한조산의 말에 사철해의 눈에 극심한 혼란이 어렸다.

해혈법이 없다면 평생 이런 고통을 겪으며 살아야 한단 말인가?

그럼 고통이 사라진 지금은 무어란 말인가?

사철해는 반신반의하는 표정으로 한조산을 쳐다보았다.

"그런고로 내가 익힌 불완전한 해혈법으로는 해혈을 하더라도 그 효력은 열흘밖에 유지되지 못한다. 다시 말해, 열흘 후에는 재차 해혈술을 받아야 네놈들은 오늘 같은 고통을 겪지 않고 살아갈 수가 있다는 말이다."

한조산의 설명에 사철해의 얼굴이 이젠 완전히 똥색이 되었다.

'이런 개 같은!'

저 늙은이가 독사의 소굴이나 마찬가지인 이곳에 머무르며 오 년 동안이나 수련을 하겠다는 이유를 알 것 같았다.

자신들은 악독한 점혈술에 걸려 열흘에 한 번씩 주기적으로 해혈술을 받아야 한다. 그러지 않으면 죽은 목숨이다.

만약 자신들이 저 노인을 죽인다면 자신들 역시 죽을 것이다.

그것도 아주 처절한 고통 속에서…….

그것은 마치 극독에 중독되어 열흘에 한 번씩 해약을 먹어야 살 수 있는, 저당 잡힌 목숨과 마찬가지다.

"내 말이 사실인지 아닌지는 열흘 후 이 시간에 직접 느껴보아라."

우무상과 음유기 등을 쳐다보며 말한 한조산은 사철해에게로 시선을 돌렸다.

"특히 네놈은 네 가족들 생명까지 저당 잡혀 있으니 절대로 경거망동하지 말아야 할 것이다."

"제 가족들도 점혈을 했다는 말입니까?"

사철해의 목청이 높아졌다.

자신은 죽는 것이 백배는 더 낫다는 생각이 들 정도의 고통을 겪으면서도 부인과 아이들이 무사해서 천만다행이라 생각했는데 가족들은 이미 점혈당했단 말인가?

"못 믿겠다면 직접 들어보아라."

한조산은 사철해의 부인 조용화의 아혈을 풀어주었다.

"정말이오, 부인! 저놈… 아니, 청해마검 선배께서 당신과 아이들에게도 점혈술을 펼쳤단 말이오?"

사철해는 벼락을 치듯 질문을 던졌다.

파랗게 질린 조용화가 말은 못하고 고개만 끄덕였다.

　잠자리에 들기 전에 자신과 아이들은 습격을 받았고 다른 사람들 보다 먼저 점혈을 당했다.

　점혈을 당하자마자 고통이 찾아왔으나 곧바로 혈을 풀어 주어 큰 고통은 겪지 않았다.

　그래서 단순한 점혈이라고 생각했는데 점혈 하는 순서와 점혈 부위 등을 되짚어보니 다른 사람들이 당한 점혈술과 똑 같았다.

　자신은 물론, 아이들까지…….

　"그런데… 그런데 어떻게 당신과 아이들은 고통을 겪지 않은 것이오?"

　사철해는 제발 부인 조용화가 잘못 알고 있기를 빌며 말했다.

　"곧바로 해혈술을 펼쳐 주어서…….”

　조용화가 절망적인 표정과 함께 답했다.

　남편 사철해와 마찬가지로 자신 역시 저당 잡힌 목숨이 된 것이다.

　상대를 죽이지 못하면 언제든 자신이 죽어야 하는 것이 살수의 운명이기에 목숨이 저당 잡힌 신세라는 것쯤은 운명으로 여기며 살아갈 수도 있다.

　그러나 아이들은…….

　아이들까지 그런 신세가 되었다는 사실에 하늘이 무너지는 심정이었다.

“크흑! 이런 망할……”

사철해가 당장에라도 씹어 먹을 듯 한조산을 쳐다보았다.

그러나 아혈만 트였을 뿐 아직도 손가락 하나 움직일 수 없었다.

물론 혈이 모두 풀려 자유롭게 움직인다 하더라도 한조산을 상대로 머리카락 하나 자를 수 없지만…….

“악독한 늙은이…….”

사철해가 이를 악물며 중얼거렸다.

“그러는 네놈들은 순한 양이라도 된다는 것이냐?”

한조산은 콧방귀를 뀌었다.

그리고는 한동안 사철해의 한탄성만이 실내에 맴돌았다.

“그럼 우리는 평생 선배 뒤만 따라 다니며 열흘에 한 번씩 해독약을 받듯 해혈을 해야 한다는 말이오?”

한참 동안 절규를 하던 사철해게 겨우 냉정을 되찾았는지 질문을 던졌다.

그럴 바에야 차라리 죽는 것이 낫다는 생각이 들었다.

“우리가 이곳에서 수련을 끝낼 때쯤이면 완전한 해혈술을 펼칠 수 있을 것이다. 그땐 모두 풀어주겠다.”

한조산이 확신어린 음성으로 말했다.

“그게, 그게 정말이오?”

암흑 속에서 한줄기 빛을 본 듯 사철해가 거듭 물었다.

“내가 지금까지 허튼 소리를 한 적이 있더냐?”

한조산이 칼날 같은 시선으로 사철해를 쏘아보았다.

잠시 한조산의 안광을 받던 사철해는 천천히 고개를 끄덕였다.

지금까지 단 한순간의 빈틈도 없는 냉정한 손속을 펼쳤지만 거짓된 느낌은 받지 못했다. 또한 한 마디도 허언이 없었다.

"믿겠소. 청해마검이란 별호는 그렇게 가벼운 것이 아니기에……."

사철해는 마침내 수긍을 했다.

"오 년, 빠르면 사 년 동안이다. 그동안 네놈들은 이전과 변함없이 살수행을 하며 이곳을 은신시켜라. 만약 오늘처럼 은신처가 들통 나서 수련이 방해를 받으면 우리는 소리없이 떠나겠다. 그럼 열흘 후에 네놈들 역시 저승으로 떠나야 하겠지."

한조산의 말에 바위를 가슴에 올린 심정이 된 사철해는 아무 대답도 못했다.

"일 년에 한 번쯤, 도저히 상대할 수 없는 놈들을 만나면 내가 도와주겠다. 오늘같이 멍청한 일을 당하게 하지 않기 위해……."

채찍만 휘두르던 한조산이 처음으로 당근 한 개를 던졌다.

"그게… 정말이십니까?"

사철해의 눈이 빛을 발했다.

살막을 소리없이 잠입해 그 수뇌부를 모두 생포한 한조산의 실력이라면 황제를 죽이라는 청부도 맡을 수 있을 것 같았다.

"그렇다고 일부러 그런 청부만 받아온다면 네놈 목을 먼저 베겠다. 아니, 그럴 필요도 없지. 그땐 소리없이 사라지면 되니……."

한조산은 같이 점혈당한 사철해의 아이들을 보며 답했다.

"이번 같은 피치 못할 청부에만 도움을 청하겠습니다."

사철해가 단호한 음성으로 답했다.

"그럼 내일 당장 동창의 고자 놈들에게 나를 처치했다고 전해라."

한조산의 말을 들은 사철해의 눈에 비로소 납득의 기운이 어렸다.

이곳에서 오 년 동안 수련을 한다는 것은 핑계이거나 잠적을 위한 것이고 진정한 목적은 그것이라는 생각이 들었다.

지금 당장 자신들을 몰살시켜보아야 속은 후련하겠지만 상황은 달라지지 않는다.

살막이 청해마검을 제거하는데 실패했다고 동창까지 포기하지는 않을 것이다. 놈들은 또다른 방법으로 청해마검을 제거하려 할 것이다.

최선의 방법은 동창으로 하여금 청해마검이 죽었다고 믿게 하여 일을 종식시키는 것이다.

그렇게 한 후 한동안 잠적하면 잊힐 것이다.

하지만 그것에도 문제가 있다.

"놈들은 확실한 증거가 없으면 믿지 않을 것입니다."

동창의 집요함을 잘 아는 사철해는 회의적인 어투로 말했다.

"그 문제에 대해서는… 생각이 있다."

말과 함께 한조산은 검을 뽑아 그대로 자신의 왼손을 내려쳤다.

파앗—

한조산의 왼손이 손목에서부터 끊어지며 피분수가 튀어올랐다.

"아악!"

갑작스런 사태에 조화영이 비명을 질렀다.

살막 최고의 여살수인 그녀였지만 지금의 상황은 너무 뜻밖이었다.

단 한순간의 망설임도 없이 멀쩡한 자신의 손목을 끊어버리다니?

독이 침투하거나 큰 상처를 입어 부득이하게 끊어내야 하는 경우라도 몇 번을 망설이다가 눈을 질끈 감고 그렇게 할 것이다.

사철해의 딸 사진혜 역시 두 눈이 찢어져라 커졌다.

아혈이 풀렸다면 그녀 역시 천장이 무너질 정도로 비명을 질렀을 것이다.

"사부!"

어떤 일에도 눈 하나 깜짝하지 않을 것 같던 이한성도 비명을 터뜨리며 자리를 박찼다.

"이게, 이게 무슨 짓입니까, 사부?"

이한성이 지혈을 하고있는 한조산의 왼팔을 보며 울부짖듯 말했다.

"앉아 있거라."

한조산이 조금도 달라지지 않은 음성으로 말했다.

"사부……."

"어서!"

단호한 한조산의 음성에 이한성은 눈을 질끈 감은 후 자신의 자리에 앉았다.

'사부…….'

한조산의 의도를 알아차린 이한성은 속으로 피눈물을 흘렸다.

무정하고 냉철하기만 하던 한조산이었지만 그 속마음이 어떤지는 지금 이 순간 고스란히 느껴졌다.

사부 한조산은 신체의 일부마저 잘라서 자신을 보살피고 있는 것이다.

혼자의 몸이라면 동창 아니라, 황실 금군이 모두 쫓아온다고 해도 눈 하나 깜짝하지 않을 것이다.

그런 그가 이한성 자신의 수련과 은신을 위해 손목을 내놓은 것이다.

주르르—

이한성의 눈에서 어머니가 돌아가신 후 처음으로 두 줄기 눈물이 흘러내렸다.

이한성을 쳐다보던 사진혜의 눈이 어지럽게 흔들렸다.

아버지가 그렇게 처절한 비명을 지를 때도 표정 하나 변하지 않던 이한성이었다. 그래서 소악마라고 생각했는데 지금의 눈물은 피처럼 진하고 굵었다.

"썩 그치지 못할까, 이 못난 놈!"

한조산이 벼락같은 고함을 질렀다.

이한성은 천천히 소매로 눈물을 닦았다.

너무나 갑작스럽고 살벌한 상황에 살막의 살수들 눈에는 더 큰 공포감이 어렸다.

추호의 망설임도 없이 자신의 손목 하나를 자르는 사람이라면 무슨 짓이든 할 수 있을 것이다.

그야말로 자신들 목숨쯤은 지금 당장 파리 목숨처럼 날릴 수도 있다.

"이 손목이면 놈들도 믿을 것이다. 내 수결은 물론, 강호를 떠나며 손가락 하나를 자른 사실 정도는 놈들도 파악하고 있을 테니 문제가 없을 것이다."

한조산이 잘려진 손을 들어 올리며 말했다.

새끼손가락이 없는 한조산의 왼손은 아직도 신경이 살아 손가락들이 제멋대로 꿈틀거리고 있었다.

"만약 수급을… 원한다면?"

사철해가 극히 조심스런 음성으로 말했다.

무공뿐만 아니라 독심에서도 이젠 한조산에 완전히 굴복하게 된 것이다.

"화탄 공격으로 터져 버렸다고 해라. 그래서 부득이 손목을 끊어왔다고 전해라."

한조산이 조금도 흔들림 없는 음성으로 답했다.

"잘 알겠습니다."

사철해가 천천히 눈을 내리깔았다.

만약 혈이 점해지지 않았다면 깊숙이 고개를 숙였을 것이다.

*   *   *

"살막이 성공을 했다고?"

제독태감 기종위는 눈앞에 놓인 손목을 보며 슬쩍 눈살을 찌푸렸다.

수급보다는 덜했지만 죽은 사람의 신체 일부라는 점은 마음을 꺼림칙하게 만들었다.

그는 현 동창의 수장이자 단심맹의 핵심 중 한 명이었다.

사례태감 요공공이 단심맹을 결성하는 데 있어 제일 적극적으로 움직였고 동창의 수족들을 하나씩 끌어들여 단심맹의 행동대장 역할을 하였다.

"수급은 왜 가져오지 않았나?"

기종위는 첩형 동초기를 쳐다보며 물었다.

"화탄공격을 받아 터져 버렸다고 합니다. 그래서 부득이 손목을 잘라왔는데 보시다시피 청해마검의 왼손은 새끼손가락이 없습니다. 그래서 수급이나 진배없다고 생각됩니다. 손가락이 있을 때의 수결도 확인했는데 일치합니다."

동초기는 어디서 구해왔는지 한조산이 예전에 찍었던 수결을 펼쳐 보며 답했다.

"화탄 공격에 머리가 터져 버렸다?"

기종위의 눈이 가늘어졌다.

"하긴, 화탄이 아니고서는 그렇게 쉽게 당할 인간이 아니지."

마침내 기종위는 고개를 끄덕였다.

수급으로 얼굴을 확인하지 못한 것이 조금 찜찜하긴 했지만 이렇게 손목을 잘라왔으니 믿을 수밖에 없었다. 청해마검 한조산이라면 죽기 전에는 누군가에게 이렇게 손목이 잘리지 않을 테니까.

"오룡회 놈들의 움직임은 어떤가?"

한조산의 손목에서 신경을 돌린 기종위는 오룡회의 근황

을 물었다.

청해마검을 끌어들인 정도라면 다른 비슷한 인물들도 끌어들였을 것이라 생각했는데 아직 뚜렷한 움직임이 보이지 않았다.

"여러 경로를 통해 일거수일투족을 감시하고 있는데 별다른 움직임이 없습니다. 청해마검의 제거에 낙담하여 전의를 상실한 것 같습니다."

동초기는 다분히 의기양양한 기색으로 말했다.

가장 큰 걸림돌이던 청해마검을 자신이 제거했으니 가장 큰 공을 세웠다고 볼 수 있었다.

"방심하기엔 아직 이르네. 청해마검을 끌어들일 정도라면 놈들의 저력이 만만치가 않다고 보아야 해. 언제 어느 구석에서 또 청해마검과 같은 고수가 튀어나오면 그땐 이번보다 더 큰 타격을 입게 될 걸세."

기종위는 시종일관 신중함을 잃지 않고 말했다.

그것이 기종위의 장점이었고 제독태감의 자리까지 올라가게 한 원동력이었다.

"그런데……."

동초기가 조심스럽게 입을 열었다.

"말해보게."

"살막 놈들이 청부금에 더해 사례금을 요구하고 있습니다. 이번 청해마검을 제거하는 데 출혈이 너무 커 존폐의 기로에서게 되었다고 합니다. 청부금만으로는 더 이상 살막을 지탱하기가 힘들다고 하는군요.”

동초기의 말에 기종위는 눈 사이를 좁히며 잠시 생각에 잠겼다.

“청해마검 그 늙은이 때문에 우리 쪽 손실도 예상보다 컸지?”

기종위가 질문했다.

“큰 정도가 아니라 막대합니다.”

동초기의 목소리가 높아졌다.

한조산에 의해 입은 손실은 단심맹이 흔들릴 정도였다.

자신의 오른팔이나 마찬가지인 당두 양신호를 잃었고 다른 당두 송치격, 조염등도 잃었다.

그에 더해 번역도 서른 명이나 몰살당했다.

단심맹의 한 축이 왕창 무너졌다고 해도 과언이 아니었다.

“이해가 갈 만하군. 우리가 그런 정도라면 놈들도 마찬가지였겠지.”

기종위는 고개를 끄덕인 후 안광을 빛냈다.

“살막 놈들의 이용가치가 더 있나?”

“그런 놈들의 이용가치는 언제든 있지요.”

동초기가 고개를 끄덕였다.

“좋아. 그들에게 약속했던 금액보다 두 배를 주게. 그리고 언제든 그들을 이용할 준비를 해두게.”

“알겠습니다.”

동초기가 깊숙이 고개를 숙였다.

“후후! 돈은 이렇게 버는 것이지. 아등바등 돈을 따라다니며 벌어서는 입에 풀칠밖에 못하지.”

기종위가 자리를 뜬 후 동초기는 비릿한 미소를 피워 올렸다.

살막이 사례금을 더 청구했다는 것은 거짓말이었다. 그 부풀린 금액은 동초기 자신이 착복할 것이다.

第三十二章
출관(出官)

무능하고 황음(荒淫)만 일삼던 아버지와는 전혀 다르게 강직하면서도 백성의 아픔을 헤아리던 젊은 황제는 즉위 이 년이 되는 해에 사례태감 요공공과 첨예한 대립각을 세웠다.

기득권 세력의 대명사라 할 수 있고, 탐관오리의 대표집단인 환관들과 강직하고 곧은 황제의 대립은 어쩌면 필연적일 수밖에 없었다.

그 대표주자는 사례태감 요공공이었고 그의 오른팔인 제독태감 기종위는 동창의 힘을 전폭적으로 지위하며 요공공을 도왔다.

그들이 조직한 단심맹은 은밀하면서도 조직적으로 황제의

수족들을 잘라 나갔다.

특히 단심맹에 대항하기 위해 황제가 조직한 오룡회는 집중적인 포화를 맞게 되었는데, 청해마검 한조산이 오룡회의 일원이라고 여겼을 때는 극도로 조심을 하였지만 그가 살막에 의해 제거되었다고 알려지고 나서부터는 대대적인 숙청작업이 시작되었다.

갑작스런 부친의 죽음과 그로 인해 더 갑작스럽게 자리에 오른 젊은 황제는 세력이 약했다. 또한 그는 대부분의 성군들이 그러하듯 권모술수에는 소질이 없었다.

그는 오룡회를 막후 지휘하며 사례태감과 단심맹을 쳐 내기 위해 갖은 노력을 하였지만 역부족을 느낄 수밖에 없었다.

결국 젊은 황제는 사례태감을 위시한 단심맹의 집요한 공격을 떨쳐내지 못하고 스물여섯이라는 짧은 생을 마감하게 되었다.

젊은 황제가 죽자 단심맹이 내세운 황제는 젊은 황제의 숙부였는데 그는 전전대 황제보다 더 무능하고 멍청했다.

그렇게 무능하고 멍청하기만 하다면 그래도 좀 나을 텐데 성정이 폭급하고 지독하게 탐욕적이기까지 했다.

그야말로 폭군의 조건은 다 갖추고 있었다.

백성들과 충신들에게는 그런 존재였지만 사례태감 요공공을 비롯한 단심맹에게는 최고의 황제였다.

그들은 황제의 탐욕과 폭급한 성정을 십분 이용하여 채 반

년도 되기 전에 황제를 자신들 손아귀에 넣고 세상을 좌지우지하게 되었다.

자연 황실에는 탐관오리가 들끓게 되었고 충신들은 하루에도 수십 명씩 역적으로 몰려 육친구족이 참수를 당하는 참극이 일어나게 되었다.

황실의 그런 폭정을 일삼으면 지방 관리들도 그대로 모방하게 마련이었다.

그들은 온갖 방법으로 백성들의 고혈을 쥐어짰고 약탈을 일삼았다.

그들의 횡포에 견디지 못한 백성들은 터전을 버리고 유랑민이 되는 사태가 늘어났고 흉년까지 겹치자 고향을 떠나는 백성들이 피난행렬처럼 줄을 이었다.

국가의 근간인 백성들이 흔들리자 자연적으로 온 세상이 흔들릴 수밖에 없었다.

그런 혼란한 세상은 강호무림에도 영향을 끼쳐 유서 깊은 문파가 하루아침에 몰락하는 경우가 속출했고, 반대로 흑도나 사파의 무리들은 혼란을 틈타 우후죽순처럼 창궐했다.

단심맹의 패권장악과 함께 강호는 그야말로 흑도 전성시대가 도래한 것이다.

그렇게 암울한 가운데 사 년 반의 세월이 흘렀다.

*   *   *

"랄랄라—"

살막주 사철해의 딸 사진혜의 입에서는 어제 저녁부터 흥얼거리는 노랫소리가 떠나지 않았다.

어제 저녁 비로소 어머니의 허락이 떨어진 것이다.

그 허락을 받기 위해 한 달 전부터 울고불고 졸랐고 급기야는 닷새 동안 단식도 했다.

아버지는 열흘 전에 두 손, 두 발 다 들었다는 듯 허락을 했지만 어머니는 아버지보다 더 완강했다. 그래서 목숨을 건 단식투쟁까지 하며 겨우 허락을 받아낸 것이다.

그 허락을 받아내는 순간 사진혜는 음풍장이 떠나갈 듯 환호성을 질렀다.

태어나서 지금까지, 그러니까 십칠 년이 넘는 세월 동안 제대로 된 바깥세상 구경을 한 적이 없었다.

어쩌다 한 번씩 바깥이라고 나가보았자 겨우 인근 저잣거리 정도가 고작이었고, 그것도 극도의 경계를 하며 금방 돌아오기 일쑤였다.

음풍장에서 살막주의 딸로 살며 부족한 것은 없었지만, 아니, 세상 어떤 아이들보다 호강을 하고 살았지만 결국은 새장 속에 갇힌 안락한 삶이었다.

철이 들고 나이가 차며 그 삶이 너무도 갑갑했다.

다른 무가의 자식들은 자신의 나이가 되면 한 자루 검을 허리에 차고 온 강호를 유람도 한다고 했다.

그렇게 강호를 돌아다니며 견문도 넓히고 무림세가의 귀공자들도 마음껏 만난다고 했다.

그런데 자신은 강호는 커녕 인근 백리 밖을 벗어난 적이 없었다.

그래서 무가의 선남선녀들이 형형색색의 옷을 차려입고 마음껏 자신의 자태를 뽐내는 강호를 동경해 마지않았다.

하지만 살수의 딸이라는 신분을 가진 자신에게는 그런 일은 딴 세상의 얘기였고, 자신이 강호를 활보하는 일은 가출이 아니면 불가능했다.

다른 무가라면 몇 번이라도 가출을 했을 것이다.

그런데 이곳이 어딘가?

추적에도 달인들이 득실거리는 살막이다.

가출을 했다가는 반나절도 되기 전에 잡혀올 것이다.

결국 강호유람은 기적이 일어나지 않고는 불가능한 얘기였다.

그런데 그 기적이 일어났다.

근 오 년 가까이 수련실에서 불철주야 수련을 하던 이한성이 조만간 출관을 하고 강호로 나선다는 것이다. 그리고 오빠 사진용이 이한성을 보필하며 같이 간다고 했다.

그 얘기가 나온 것이 한 달 전이었다.

오빠가 강호로 나간다고?

사진혜는 속으로 환호성을 질렀다.

그렇다면 자신도 못 나가란 법이 없다.

그때부터 사진혜는 자신도 따라 나가겠다며 줄기찬 투쟁을 한 것이다.

아버지의 허락은 스무 날 만에 떨어졌다.

그러나 어머니는 절대로 안 된다는 것이다.

다른 무림세가의 여식이라면 가문의 위명을 갑옷처럼 온몸에 두르고 다니기에 누구도 함부로 대하지 못한다. 하지만 살막 출신인 그녀는 철저히 자신을 숨겨야 하기에 무명소졸의 신분으로 다닐 수밖에 없다.

그렇게 다니다 혹시라도 신분이 드러나면 어떤 일을 당할지 잘 아는 조용화는 딸의 강호행을 완강히 거부한 것이다.

하지만 조용화 역시 자식 이기는 부모 없다는 만고의 진리 앞에서는 무릎을 꿇을 수밖에 없었다.

단식까지 하며 죽을 각오로 덤비는 사진혜에게 그녀는 마침내 강호행을 허락하고 말았다.

"룰룰루―"

이것저것 짐을 챙기는 사진혜의 입에서 다시 노랫소리가 흘러나왔다.

"푸후― 우리 아가씨 이러다 대문을 나서는 순간 하늘로 떠오르겠어요."

사진혜의 시비 산경이가 실소를 터뜨리며 말했다.

"무슨 말이야?"

노랫가락을 멈춘 사진혜가 대꾸했다.

"이렇게 들떠 있는데 어떻게 땅을 밟고 걸을 수가 있겠어요. 하늘로 붕붕 떠올라 날아다녀야지요."

산경이 다시 입을 가리고 웃었다.

"후후—"

산경의 말에 사진혜도 웃음을 터뜨렸다.

자신이 생각해도 대문은 나서는 순간 발걸음이 붕붕 떠서 걷지를 못할 것 같았다.

십칠 년 만의 해방!

그리고 최초의 강호 나들이.

그중 어느 것이 더 마음을 들뜨게 하는지 우열을 가릴 수 없었다.

막말로 이젠 죽어도 여한이 없을 것 같았다.

사진혜의 입술에서 다시 노랫소리가 흘러나왔다.

"한성 공자님을 따라가는 것이 그렇게 좋으세요?"

짐 꾸리는 것을 돕던 산경이 의미심장한 눈을 하며 빤히 사진혜를 쳐다보았다.

"그게 무슨 소리야?"

사진혜가 얼른 아미를 좁히며 산경을 쳐다보았다.

산경이 여전히 의미심장한 미소를 짓고 있었다.

"나는 지금 이 갑갑한 곳에서 탈출하는 게 더없이 기쁜 거
야. 한성 오라버니를 따라가는 게 좋은 것이 아니고."
사진혜는 산경을 노려보며 대꾸했다.
"그게 그거죠. 임도 보고 뽕도 따고……."
"야!"
사진혜가 한 대 때리기라도 할 듯 고함을 질렀다.
"아니에요, 아가씨. 잘못했어요."
산경이 얼른 구석으로 도망을 쳤다. 그러나 의미심장한 미
소는 여전히 지우지 않았다.
"한 번만 더 그런 소리 하면 쫓아내 버릴거야."
사진혜가 으름장을 놓았다.
"알겠어요."
산경이 목을 움츠렸다.
"그런데 만약 한성 공자님이 안 나가고 진용 도련님만 나
간다면 따라 가겠어요?"
잠시 침묵을 지키던 산경이 불쑥 물었다.
"그, 그거야……."
"푸후후—"
산경이 대답 안 해도 알겠다는 듯 웃음을 터뜨렸다.
이한성이 여기 있다면 물 떠놓고 빌어도 안 나갈 사진혜였
다.
"이게 정말!"

사진혜가 산경의 허리를 잡고 이곳저곳 사정없이 꼬집었
다.

"아아악! 아가씨, 살려주세요!"

산경의 비명 소리가 음풍장을 가로질렀다.

*　　*　　*

"사 년 육 개월 하고 열이틀 만인가?"

수련실 벽을 쳐다보며 이한성은 나직하게 중얼거렸다.

돌로 만들어진 벽에는 무수한 금이 그어져 있었다.

그 금은 이한성이 하루도 빠짐없이 칼끝으로 새긴 것이었
다.

또한 그것은 단 하루도 헛되이 보내지 않기 위해 돌에 금을
새기며 하루하루 의지를 다진 흔적이었다.

어찌 보면 평생같이 긴 세월이기도 했고, 또 어찌 보면 호
흡 몇 번에 지나가 버린 것 같은 짧은 순간이기도 했다.

살을 찢고 뼈를 부수며, 온 내장을 토하는 듯한 고통과 함
께한 사 년 육 개월 동안의 세월!

그 세월의 흔적들은 석벽뿐만 아니라 이한성의 몸 곳곳에
도 고스란히 새겨져 있었다.

우선 훤칠하게 큰 키가 돋보였다.

보통 사람들보다 족히 한 뼘 정도 더 큰 키는 아쉬운 곳 없

이 시원한 느낌을 주었다. 또한 그 키를 지탱하는 몸은 지방
질이라고는 약에 쓸려고 해도 찾아보기 힘들 정도로 온통 근
육으로 뒤덮여 그야말로 강철기둥을 연상케 했다.

우선 드러난 뒷모습은 그랬다.

"휴우―"

긴 한숨과 함께 이한성은 등을 돌렸다.

온몸에서 자연스럽게 뿜어져 나오는 만년한철 같이 강하
고 무거운 기운에 벽에 걸린 횃불이 소스라치게 놀라며 춤을
추었다.

흔들리던 횃불이 안정을 되찾았을 때 이한성의 얼굴이 횃
불 아래로 모습을 드러냈다.

산발한 머리카락이 먼저 불빛 아래로 드러났다.

그리고 다음으로 드러나는 두 눈!

심해보다 더 깊고 음유로웠다.

그러면서도 태산이 무너진다 해도 일말의 흔들림도 없을
정도로 견고한 정념을 내포하고 있었다.

그런 강인한 기운은 굳게 다물린 입과 자연스럽게 조화되
어 더욱 강렬한 기운을 뿜어냈다.

스윽―

이한성은 산발한 머리를 뒤로 젖혔다.

부분적으로 가리워졌던 용모가 모두 드러났다.

눈빛과 입매가 이렇게 잘 어울리는 사람이 있을까?

눈빛과 표정이 이렇게 완벽한 조화를 이루는 사람이 있을 수 있을까?

표정과 전체적인 분위기가 이렇게 잘 합치되는 사람이 있을까?

세가의 귀공자 같은 얼굴은 아니었다.

그러나 어떤 귀공자라도 이한성의 얼굴에 비교한다면 그 뚜렷한 윤곽과 강렬한 분위기에 빛이 바랠 것 같았다.

이한성이 횃불의 맞은편으로 천천히 몸을 움직여 벽에 걸린 상의를 걸쳤다.

아무리 쳐다보아도 질릴 것 같지 않던 강철기둥이 상의 속으로 사라졌다.

그러나 옷을 입었다고 해서 강철 같은 강함이 완전히 사라지지는 않았다.

옷 위로 자연스럽게 흘러나오는 절대강의 기운은 오히려 더 무겁게 사방을 감쌌다.

일렁—

횃불이 또 한번 춤을 추었다.

이한성은 다시 머리를 쓰다듬었다.

"씻은 지 얼마나 되었는지 모르겠군."

머리카락이 제대로 뒤로 넘어가지 않는 것을 느낀 이한성은 입맛을 다신 후 검대에 세워둔 검을 잡았다.

마지막 운공과 함께 마라십이검은 이제 팔 성의 성취를 이루었다.

구 성을 넘어선 후, 십 성에 이르러 완전히 자기 것으로 소화하고 심득을 얻어 십 이 성의 대성을 이루려면 또 얼마만한 시간과 노력이 필요할지 모르겠지만 사부 한조산이 팔 성의 성취를 이루는 데 삼십 년이 걸린 것에 비하면 보통사람으로서는 기절초풍할 만한 경지라 할 수 있었다.

그런 마라검법의 성취보다 더 괄목할 만한 것은 단전에 또아리를 튼 만년한철 같은 기운을 거의 녹여냈다는 것이다.

사부의 사문인 현천검문의 현천심공이 아니었으면 절대로 불가능한 일이었다.

현천심공으로 단전에 자리 잡은 그 기운을 녹여낼 때 이한성은 자신이 하수린을 만난 것과 흡사한 운명적인 기운을 느꼈다.

현천심공은 마치 자신의 단전에 어린 기운을 녹이기 위해 탄생한 심법 같았다.

어떤 때는 현천심공으로 그런 기운이 단전에 뭉쳐지지 않았나 하는 느낌도 들었다.

현천심공과 자신의 단전에 엉킨 기운은 모래에 물을 뿌리는 것처럼 잘 스며들고 때로는 불에 기름을 붓는 것처럼 상생의 작용을 하였다.

그런 작용의 결과 무공에 있어 보통 사람들로서는 상상도 하기 힘든 빠른 성취를 이루게 했다.

이젠 단전에 엉킨 만년한철 같은 기운은 마지막 한 덩어리 만 남겨놓고는 모두 녹여낸 상태였다.

메추리알 만 한 마지막 한 덩어리!

그것의 정체는 도저히 가늠할 수가 없었다.

자신은 물론 사부 한조산이 맥문을 잡고 아무리 녹이려 해도 녹아들지 않았고 정체를 밝히는 것마저 불가능했다.

아마도 그것은 산동제일의 천호연을 만나고 하수린을 만나야 해결될 수 있을 것 같았다.

어쩌면 그것은 운명적인 만남의 하수린에게 필요한 기운일지도 몰랐다.

아니, 하수린과 함께 해야 풀릴 기운 같았다.

이해할 수는 없지만 왠지 그런 느낌이 강하게 들었다.

'무사히 지내고 있을까?

이한성은 검을 든 채 하수린을 떠올렸다.

어머니의 몸에서 풍기던 것과 너무도 비슷한 이별의 냄새를 풍기던 그녀!

시력이 돌아오고 그녀의 얼굴을 보자마자 헤어졌다.

하지만 절대로 잊을 수 없는 얼굴이었다.

꽃의 정령 같았던 얼굴에 성숙미를 갖추면 어떤 모습일지 상상하는 것이 혹독한 수련을 견디게 해준 한줄기 빛이었다.

지금쯤이면 산동제일미라는 호칭으로도 부족할 것이다.

하지만 약한 몸이 더 약해지지나 않았을까?

그런 생각과 함께 마음이 급해졌다.

스르룽—

이한성은 검을 뽑았다.

검신에서 뿜어져 나오는 새하얀 광채가 석실을 가득 채웠다.

이 검은 이한성의 수련이 끝남을 축하하며 얼마 전 살막주 사철해가 선물한 것이다.

절세보검은 아니지만 어디 내놓아도 명검 소리는 충분히 들을 만했다.

검의 이름은 적운(赤雲)으로 검신에 희미하게 붉은 구름무늬가 어려 있어 그렇게 불렀다.

누가 일부러 그렇게 한 것은 아니고 만들며 우연히 그런 무늬가 생긴 모양인데 묘하게도 붉은 구름을 닮아 있었다.

이한성은 천천히 검을 살펴보다가 무게를 가늠하듯 이리저리 흔들어보았다.

손에 잡히는 감이나 무게가 자신을 위해 만든 것처럼 익숙했다.

아마도 이제껏 수련을 하며 휘두르던 검과 비슷했기에 그런 모양이었다.

몇 번 더 검을 흔들어보던 이한성은 천천히 내력을 끌어올렸다.

우우웅—

대하 같은 내력이 온 혈맥을 타고 흘렀다.

그 흐름은 은하표국에 있을 때 그렇게 닮고 싶어 했던 한조
산의 호흡과 판에 박은 듯 닮아 있었다.

심해처럼 잔잔하고 대하처럼 도도한 흐름!

이한성의 혈맥을 타고 흐르는 내력은 그렇게 흐르고 있었
다.

이한성은 눈을 감았다. 그리고 자신의 혈맥 속을 흐르는 기
운의 흐름을 읽었다.

즉시 대하 같은 호흡의 흐름이 정수리의 눈을 통해 훤히 보
였다.

놀랍게도 그 흐름의 두터움은 한조산을 능가했다.

그것은 내력의 강함은 한조산을 뛰어넘었다는 말이다.

그러나 흐름의 도도함이나 잔잔함은 한조산만 못했다.

아직은 미숙한 흐름이 느껴졌다.

아무리 강한 내력을 단전에 품고 있다지만 오랜 세월 수없
이 정련한 사부 한조산의 운기에는 따르지 못함이었다.

"후욱―"

긴 날숨과 함께 이한성은 질끈 감았던 눈을 떴다.

훤히 보여지던 내력의 흐름이 눈을 뜸과 동시에 순식간에
지워졌다.

그동안 엄청난 성취를 얻었지만 정수리의 눈은 그대로여
서 여전히 눈을 감아야만 그 능력이 발휘되었다.

정상적인 시력으로는 도저히 볼 수 없었던 것도 보여주고 인간 몸속에 흐르는 호흡, 즉 진기의 운용까지도 훤하게 읽을 수 있게 해주던 그 기묘한 능력은 그대로였지만 눈을 뜨면 발휘되지 않았다.

아니, 발휘되는 것은 여전했지만 눈을 뜨면 눈을 통해 들어오는 사방의 강한 색체에 가려 제대로 보이지 않는 것이다.

조금 아쉬웠지만 이젠 그 눈은 평상시에는 거의 필요 없는 것이기도 했다.

지금은 전신의 피부가 눈이었고, 온몸에 돋아난 솜털 역시 눈이나 마찬가지였다. 그 외 다른 감각기관들 모두 극도로 예민해져서 정수리에 생긴 눈으로 보는 것 같은 능력을 발휘하고 있었다.

또한 그 능력은 특별한 경우가 아니면 쓸 필요성을 느끼지 못할 것이다.

어쩌면 평상시에는 오히려 불편한 느낌을 줄지도 몰랐다.

하지만 그 능력이 여전히 존재한다는 것은 무엇보다 중요했다.

상대와 검을 휘두르며 싸울 때는 그 능력을 발휘할 수 없겠지만 그 전에 눈을 감고 관조하면 예전처럼 상대의 호흡을, 상대의 기운을 훤히 읽을 수 있다.

고수의 반열에 오르고 보니 그 능력이 얼마나 엄청난 것인지 뼈저리게 느낄 수 있었다.

상대의 호흡을 읽는다는 것!

그것은 상대의 약점을 낱낱이 파악한다는 것과 마찬가지다.

아마도 상대가 그걸 안다면 절대로 싸우려 하지 않고 줄행랑을 칠 것이다.

그런 능력을 몸속 깊은 곳에 소유하고 있었다.

하수들을 상대함에 있어서는 발휘될 기회도 없을 것이고, 또 그럴 필요도 없을 테지만 극강한 무공의 고수를 상대할 땐?

그때 그 능력은 진가를 발휘하며 상대에게 괴물을 상대하는 것 같은 공포를 안겨줄 것이다.

"후후!"

이한성은 나직하게 웃으며 다시 눈을 감았다.

정신을 집중하자 예의 그 눈은 또 다른 세상을 보여주었다.

우우웅―

하얀 색감의 호흡이 혈맥을 타고 대하 같이 흐르고 있음을 확연히 느낄 수 있었다.

내력을 팔 성까지 끌어올린 이한성은 합! 하는 큰 기합성과 함께 벼락치듯 검을 휘둘렀다.

슈아아아앙―

혼백을 뒤흔드는 듯한 소음과 함께 엄청난 검기가 한 곳으로 쏘아져 나갔다.

마라십이검의 제십초식 천망일섬(千網—閃)이었다.

청해마검 한조산은 강호에서 활동할 때 마라십이검의 십이 초식 중 팔 초식 이상을 펼쳐 본 적이 없다고 했다.

그 팔 초식만으로도 적수를 찾지 못했다.

그런 마라십이검의 제십초식이 이한성의 검에서 터져 나오고 있었다.

콰아앙—

엄청난 폭음과 함께 수련실의 한쪽 벽이 포탄에 맞은 듯 터져 나갔다.

두께가 족히 석 자나 되는 석벽이었다.

원래는 한 자 두께의 석벽이었지만 한조산의 요구에 의해 석 자 두께로 개조한 것이었다.

그 석 자 두께의 석벽이 사정없이 터져 나가며 그곳으로 흙더미가 무너져 들어왔다.

지하 수련실이었기에 석벽 외부는 땅이었다.

석벽의 한쪽이 박살 나며 그 땅의 흙이 무너져 내린 것이다.

"혼검만천(混劍滿天)!"

잠시 후 십일초식이 펼쳐졌다.

십일초식 혼검만천은 석벽 한곳뿐만 아니라 사방의 석벽에 균열을 내었다.

"천지광망(天地光網)!"

숨을 가다듬은 이한성은 마라십이검의 마지막 초식명을

외치며 섬전처럼 검을 휘둘렀다.

구 성의 성취를 이룬다면 이 세 초식을 한 초식처럼 한꺼번에 뿌릴 수 있을 테지만 지금은 각 초식마다 단절된 호흡으로 뿌릴 수밖에 없었다.

차아아아앙—

적운검이 벌겋게 달아오르며 비명 같은 검명을 토했다.

다음 순간!

지하 수련실이 진천뢰가 터진 듯 온통 빛무리의 폭주에 휘말렸다.

누군가 같이 있었더라면 너무 강한 빛무리에 시력을 잃을 정도였다.

터져 나간 빛무리가 남은 석벽을 한곳도 남김없이 할퀴어나갔다.

퍼퍼퍼퍼퍽!

석벽의 돌들이 가루로 변하며 석실 전체가 흔들리기 시작했다.

우르르르—

급기야는 돌기둥 두 개가 먼저 모래로 무너지고 석벽이 가루가 되어 흘러내리기 시작했다. 뒤이어 석실 천장이 내려앉기 시작했다.

"그동안 수고 많았다."

자신의 수련을 한시도 놓치지 않고 지켜보아준 석실에 작

별 인사를 한 이한성은 신속히 몸을 날렸다.

쿠콰콰쾅!

마침내 석실이 완전히 무너져 내리며 흙먼지가 사방으로 튀어올랐다.

후원 한곳의 푹 꺼진 공간 사이로 검을 든 이한성이 날렵하게 날아올랐다.

이한성이 날아오른 입구 앞쪽에 스무 명도 넘는 사람이 경악한 표정과 함께 서 있었다.

후원의 땅이 진동하는 소리를 듣고 달려 나온 그들은 급기야 지하 수련실이 푹 꺼져 내리자 혹여 이한성이 매몰당하지 않았나 하는 생각에 혼비백산한 것이다.

"휴우―"

무사히 빠져나온 이한성을 보며 막주 사철해가 긴 한숨을 내쉬었다.

그 옆에 선 한조산도 안도의 표정을 지었다.

"한성 오라버니!"

사진혜가 반색을 하며 이한성에게로 달려갔다.

첫인상은 소악마였지만 오 년이 다 되어가는 세월 속에 이한성은 사진용과 사진혜에게 사형제 사이가 되어 있었다. 그래서 사진용은 이한성을 사형으로 불렀다. 하지만 사진혜는 사형보다는 오라버니로 부르며 따랐다.

지옥의 수련을 하는 동안 한조산은 석실에 처박혀 햇빛 한

번 쐬지 않는 이한성을 한 달에 한 번씩은 억지로 끌고 나와 또래들인 두 사람과 비무를 하며 어울리게 했다. 아무리 무공 수련이 중요하다고 해도 인성마저 잃어버리며 고수가 되는 것은 마인을 만드는 것이나 마찬가지였기 때문이었다.

처음 비무를 할 때 사진용과 사진혜는 이한성을 죽일 듯이 사납게 굴었지만 이한성의 철혈같이 담대한 성격에 서서히 호감을 가지게 되었다.

그리고 시간이 더 지남에 따라 사진용과 사진혜는 서서히 이한성에게 빠져들었고, 틈틈이 한조산에게도 수련을 받으며 사형제 사이가 되었다.

"축하해요, 오라버니!"

사진혜가 활짝 웃으며 팔짝팔짝 뛰었다.

이한성을 보는 것도 즐거웠지만 이제 이한성을 따라 강호로 나가게 된다는 사실이 기절할 정도로 좋았다.

이한성은 약간 계면쩍은 표정으로 사진혜를 쳐다보았다.

사진혜와 달리 이한성은 그녀의 붙임성 넘치는 행동이 아직까지 어색한 것이다.

처음 만났을 때부터 나이보다 성숙해 보이던 그녀는 지금은 스무 살 처녀 정도로 보였다.

그것이 더욱 부담스럽게 느껴졌다.

"축하합니다, 사형!"

사진용도 만면가득 미소를 지으며 인사를 했다.

"고맙다!"

이한성은 사진용을 향해 가볍게 고개를 끄덕였다.

그의 몸에서는 살수의 아들답게 칼날 같은 예기가 자연스럽게 스며 나왔다.

한 살 차이인 사진용이기에 처음에는 친구처럼 지내기를 원했지만 그는 끝까지 거리를 두다가 올 초부터 마음을 활짝 열고 깎듯이 사형으로 대했다. 하루하루 너무나 강하게 변해 가는 이한성을 보며 그는 자연스럽게 고개를 숙인 것이다.

"수고 많았다."

한조산이 수련을 시작한 이후 처음으로 칭찬을 했다.

이한성은 대답 대신 한조산을 향해 깊이 허리를 숙였다.

"허리 부러지겠다, 이놈아!"

추괴한 몰골의 은영각주 우무상이 고함을 질렀다.

그사이 그는 더 늙어 마치 살아 있는 괴물 같았다.

"둘째 사부님도 감사합니다."

이한성은 우무상에게도 인사를 했다.

부하들인 은영각 살수들을 한조산에게 모조리 잃은 우무상은 한동안 자포자기하며 술만 퍼마시다가 삼 년째가 되는 시점부터 이한성의 수련에 동참했다.

강호로 나가면 검술뿐만 아니라 다른 잡다한 것들도 익혀 두어야 하기에 마라십이검의 수련이 막히거나 발상의 전환이 필요할 때는 한조산은 잠시 마라십이검의 수련을 멈추고 우무상에게 이한성의 수련을 지시했다. 대신 자신은 사진용과 사진혜를 불러 필요한 것을 가르쳤다.

우무성은 처음에는 혈맥이 터져 죽지 않기 위해 한조산의 지시를 따랐지만 며칠 가르쳐 보자마자 한조산의 시간까지 뺏어가며 열의를 보였다.

그 후 우무상은 한조산 이상으로 심혈을 기울여 이한성에게 필요한 것들을 가르쳤고 이한성의 둘째 사부가 된 것이다.

"나한테는 왜 고개만 까딱 하는 것이냐?"

우무상이 괜한 트집을 잡았다.

"그만하세요, 은영각주님. 아무리 그래도 제자를 위해 손목을 자른 첫째 사부님하고 같은가요?"

막주의 부인 조용화가 슬며시 약을 올렸다.

"손목쯤은 나도 자를 수 있……."

말이 끝나기도 전에 조용화가 우무상에게 검을 내밀었다.

"에잉! 망할!"

검을 팽개친 우무상이 땅을 발로 구르며 자신의 처소로 사라졌다.

그럴 때는 괴물이 아니라 어린아이 같았다.

"푸후후!"

사진혜는 실소를 터뜨리며 우무상의 뒷모습을 쳐다보았다.

언제나 음습한 기운을 몰고 다니던 우무상은 이한성을 가르치며 그런 기운을 반 이상 씻어냈다.

우무상이 이한성을 가르친다고 했을 때는 이한성에게도 그런 기운을 심어주지 않나 걱정이 컸는데 결과는 정반대로 우무상이 이한성에게 동화되어 있었다.

그러고 보면 오 년 가까운 세월동안 이곳 살막 전체가 이한성과 한조산에게 동화되었다.

처음 한조산은 저승사자나 마찬가지였다.

실제로 악독한 점혈술로 목줄을 쥐고 있기도 했고, 괴팍한 성격은 접근을 불허했다.

그래서 누구든 쳐다보는 것조차 두려워했다.

하지만 단 한 번도 허언을 하지 않았고 약속한 것은 철저히 지켰다.

특히 제자를 사랑하는 마음은 가슴 한쪽을 찡하게 만들 때가 많았다.

살막과 한조산의 관계가 결정적으로 가까워진 것은 패천마부(覇天魔斧)를 제거해 달라는 청부를 받았을 때였다.

패천마부는 복건성에서 악명을 떨치던 대마두였다.

팔 척 거한에 타고난 신력과 가공할 외공을 익힌 그는 처음에는 제법 협행을 하기도 했다. 그러다 어느 순간부터 야욕에 휩싸이며 복건성의 한 산적 소굴인 복양채(伏養寨)를 점령하고 그곳의 채주로 들어앉았다.

그 후 그는 점차 세를 불려 나가며 복건성의 산채를 모두 자신의 발 아래로 복속시키며 급기야는 정파무림마저 위협하는 지경에 이르렀다.

복양채와 가장 가까운 위치에서 이권이 겹치고 충돌이 잦았던 조현문(朝縣門)에서는 더 이상 방관할 수 없었든지 인근 정파와 회동을 하였다.

그러나 그들도 당장은 어떤 조치를 취할 수 없었다.

패천마부가 아무리 위협적이기는 하나 명색이 정파인 그들이 먼저 손을 쓸 수가 없었다. 또 워낙 세력이 강해 잘못 건드렸다가는 긁어 부스럼을 만드는 격이 될 터였다.

그들은 복양채가 조현문을 쓰러뜨리면 그것을 빌미로 더 많은 정파무림과 연대하여 복양채를 소탕할 계산들을 하고 있었다.

그것이 현실적으로 가장 합당한 방안이었지만 조현문 입장에서는 가만히 앉아서 희생양이 될 수는 없었다.

복양채의 움직임에 온 신경을 곤두세우고 있던 그들은 패천마부가 산동에까지 손을 뻗치기 위해 산동으로 간다는 비밀정보를 입수하고 살막에 청부를 하기에 이르렀다.

청부를 받은 살막에서는 한동안 고심을 했다.

솔직히 패천마부는 살막의 살수들이 제거하기에는 버거운 상대였다.

그는 살수들의 천적이라 할 수 있는 외공의 고수였다. 또한 심혈을 기울여 키운 은영각도 괴멸된 상태였기에 더욱 그렸다.

　그렇다고 포기를 하자니 조현문에서 제안한 청부금이 너무 엄청났다.

　그 금액이면 은영각을 재건할 수도 있었다.

　며칠을 고심하던 사철해는 은영각주 우무상과 함께 몇 명의 살수를 데리고 자신이 직접 살행에 나섰다.

　사철해가 살행을 나선 후 불길한 예감에 안절부절 못하던 조용화는 일 년에 한 번은 살막을 도와주겠다는 한조산의 말을 떠올렸고 반신반의하며 한조산에게 부탁을 했다.

　한조산은 그때 역시 약속을 어기지 않았다. 또한 패천마부가 흑도인에 더 가깝다는 것을 알고는 망설임없이 몸을 일으켰다.

　그렇게 조용화와 한조산이 사철해 일행을 따라잡았을 때는 조용화의 예상대로 사철해와 우무상은 패천마부의 무지막지한 도끼질에 의해 절체절명의 위기 상황까지 이르러 있었다.

　그때 한조산이 전장으로 뛰어들어 순식간에 패천마부를 베어버렸다.

　패천마부와 그 부하들에 의해 경각에 달렸던 목숨을 구한 사철해와 우무상은 그때부터 한조산에게 진심으로 존장의 대우를 해주었다.

　그 후 살막은 일 년에 한 번씩은 대마두를 제거하는 청부를 한조산에게 부탁했고 정파명숙들에 대한 청부는 일절 받지 않았다.

물론, 살행의 흔적을 깨끗이 지워 한조산의 존재는 철저히 감추었다.

그렇게 오 년여의 세월이 흐르자 살막은 악독한 살수집단에서, 뛰어난 살인 기술을 지닌 정사중간의 살문으로 인식되는 결과까지 초래했다.

그 과정에서 한조산은 약속한 기간보다 이 년이나 빨리 해혈법을 완성하고 은영각주 우무상을 향해 열흘에 한 번씩 못생긴 네놈 얼굴 보는 것도 징그럽다며 점혈을 완전히 풀어주었다.

물론, 다른 사람들도 마찬가지였다.

목숨줄이나 마찬가지인 점혈이 풀렸지만 달라진 것은 없었다.

점혈이 풀렸다고 살막의 누구도 한조산에게 복수의 칼을 내밀지 않았고 동창에 밀고도 하지 않았다.

여전히 처음처럼 행동했다.

아니, 달라진 것이 있기는 했다.

그때부터 은영각주 우무상이 한조산을 형님이라 부르며 만날 때마다 약을 올렸다.

그러다 한 번씩 경을 치기는 했지만 우무상은 이한성의 둘째 사부라는 자격을 내세우며 기죽지 않았다.

결국 한조산도 고개를 흔들며 우무상을 피해 다니는 신세
가 되었다.

처소로 사라지는 우무상을 쳐다보던 사진혜는 한조산과
이한성에게로 고개를 돌렸다.

두 사람에게서 절대강자의 향기가 풍기고 있었다.

한조산에게서 풍기던 그 향기는 어느새 이한성에서도 강
하게 풍겨났다.

아무리 감추어도 그런 향기는 자연스럽게 풍겨 나온다.

두 사람에게서 풍겨 나오는 절대강자의 향기는 같은 듯하
면서도 뭔가 달랐다.

한조산에게서는 접근하기 힘든 칼날처럼 솟은 바위산의
향기가 풍긴다면 이한성에게서는 태산이라도 삼킬 만한 심해
의 향기가 풍겼다.

쳐다보는 것만으로도 아찔한 현기증을 느끼게 하는 바위
산에 비해 잔잔한 심해는 보는 사람들의 마음을 편안하게 만
들고 강하게 끌어당긴다.

하지만 그 심해가 분노하여 거대한 파도로 휘몰아친다면?

바위산도 삼킬 만큼 무서울 것이다.

"아가씨. 침 닦으세요."

사진혜 옆에 붙어 있던 산경이 작은 소리로 속삭였다.

정신줄을 놓고 이한성을 쳐다보던 사진혜가 매서운 눈으
로 산경을 노려보았다.

산경이 짓궂은 미소와 함께 저만치 물러났다.

"들어가자꾸나. 오늘은 출관을 기념하는 성대한 잔치를 벌이도록 하자."

추혼비도 조용화가 환한 미소와 함께 이한성의 팔을 잡고 이끌었다.

그녀와 이한성을 따라 후원에 섰던 사람들이 안채로 들어갔다.

쪼르르—

맑은 액체가 백색 자기 잔에 가득 채워졌다.

동시에 향긋한 주향이 온 실내를 가득 채웠다.

"마시거라."

처소에서 이한성과 둘만 있게 되자 한조산은 술병을 꺼내 두 잔을 따르고는 한 잔은 자신이 들고 한 잔은 이한성에게 권했다.

술은 분주(汾酒)였다.

산서성 분양(汾陽)현 행화촌(杏花村)에서 나는 명주로 무색 투명하지만 향기가 일품이었다.

이한성은 말없이 술잔을 입으로 가져갔다.

말할 수 없이 향긋한 주향이 온 뇌리에까지 가득 차는 것 같았다.

"술은 마셔보았느냐?"

다시 한 잔을 따른 한조산이 물었다.

"처음입니다."

이한성이 묵묵히 답했다.

지금까지는 술을 마실 기회도, 마실 시간적 여유도 없었다.

"참으로 고단한 삶이로고."

한조산은 입맛을 다시며 말했다.

그 고단한 삶의 대부분은 자신과 같이 했으니 더할 말이 없었다.

"모든 걸 잊고 싶을 땐 술만큼 좋은 것이 없지. 하지만 깨고 나면 그동안 잊고 있던 기억의 편린(片鱗)들마저 한꺼번에 밀려오지."

한조산은 다시 한 잔을 따르고 이한성에게도 따라주었다.

한조산을 따라 이한성은 다시 한 잔을 마셨다.

예의 그 향기와 함께 찌르르 하는 느낌이 목을 타고 뱃속까지 전해졌다.

한조산은 말없이 다시 한 잔을 따랐다.

그렇게 두 사람은 세 잔의 분주를 조용히 마셨다.

"네 마라십이검의 성취는 현재 팔성이다. 구 성을 바라볼 수 있는 수준이지만 넘어서지는 못했다."

술잔을 다 비운 한조산이 차분한 음성으로 말했다.

더 이상 술을 따르지 않는 것으로 보아 술 자체가 목적이 아닌 것 같았다. 세 잔 술은 제자의 출관을 축하하는 의미에서 따라주는 의식 같았다.

"그렇다고 실망할 것은 없다. 현천검문의 무공이면 최하의 것이라도 강호의 최 상승 무공보다 위에 있다고 자부할 수 있다."

한조산은 자부심이 강하게 어린 목소리로 말했다.

"내가 그 수준에 도달하기 위해서는 삼십 년을 고생했었지. 그에 비하면 넌 믿어지지 않는 성취라고 할 수 있다."

한조산은 보일 듯 말 듯한 미소를 지으며 이한성을 쳐다보았다.

솔직히 대견스러운 제자였다.

아니, 공포스러운 제자였다.

천고기재는 아니지만 그 끈기와 집념은 어떤 천고기재도 따라오지 못할 것이다. 그로 인해 이런 성취를 이루었고 그건 충분히 자랑스러웠다.

그런 집념 덩어리의 성정에 더해 기연으로 얻은 내력이 있었다.

단전에 만년한철처럼 엉켜 있던 기운은 서서히 녹여보니 일 갑자도 훨씬 넘는 수준이었다. 아직 다 녹이지 못한 상태임에도 그랬다.

그것마저 다 녹였다면 하는 아쉬움이 있었지만 그 부분은 신의 영역인 것 같았다.

'괴물을 탄생시킨 것은 아닐까?

한조산은 절로 그런 생각이 들었다.

보통 인간들에 비해 수십 배는 빠른 성취!

그기에 더해 정수리에 생긴 상상을 초월하는 능력!

그건 괴물이라는 명칭도 부족했다.

"하지만 성취가 비정상적으로 빠르다는 것은 그만큼 경험이 부족하다는 말이 될 수도 있다. 절대로 오만하거나 경거망동하는 성격이 아니라는 것은 알지만 강호는 독니를 감춘 이무기들이 너무 많은 곳이다."

한조산은 강호의 흉험한 인심에 대해 재삼 경고했다.

"네 성취가 구 성을 넘어 십 성에 이르기 위해서는 앞으로 더 많은 경험과 각고의 노력이 필요하겠지만 대성을 이루기 위해서는 현천검문의 도움이 절대적으로 필요하다."

한조산의 음성에 큰 아쉬움의 감정이 어렸다.

제자가 대성을 이루는데 자신으로서는 더 이상 도움을 줄 수 없다는 사실에 따른 비감이었다.

"십 성만 이루더라도 강호에서 적수가 거의 없을 것이지만…… 꼭 대성을 이루어야 할 상황이 되면 내 사제이자 현현천검문의 문주인 청하검을 찾아가거라. 그라면 너를 십 성을 넘어 대성에 이르게 할 것이다."

말과 함께 한조산은 품에서 작은 목갑을 꺼냈다.

"이것을 그에게 보여주면 그는 너를 현천검문의 문도로 받아들이지 않을지는 몰라도 대성에 이르는 도움을 줄 수는 있을 것이다. 물론, 그가 너를 문도로 받아주면 더할 나위가 없겠지만 내 죄가 커서……."

한조산이 말끝을 흐리며 설명을 마쳤다. 그러나 사문인 현천검문과 그 사이에 놓인 사연은 끝까지 털어놓지 않았다.

스스로 말을 하지 않은 이상 이한성은 굳이 묻지 않았다. 물론, 묻는다고 해서 대답해 줄 사부도 아니었다.

이한성은 말없이 목갑을 품속에 챙기기만 했다.

"팔을 이리 내밀어 보아라."

잠시 회환에 잠겼던 한조산은 손을 내밀어 이한성의 맥문을 잡았다.

한조산의 내력이 맥문을 통해 수십 가닥의 실처럼 밀려들었다.

언젠가 지금처럼 맥문을 잡혔을 때 이한성은 한조산의 손끝에서 나온 기운이 온몸을 옴짝달싹도 못하게 하는 느낌을 받았다.

하지만 지금은 그런 속수무책의 느낌은 없었다.

문을 열고 손님을 맞아들이는 기분이었다.

만약 자신이 원하지 않는다면 거부하며 튕겨낼 수도 있었다.

마라십이검의 성취는 아직 한조산에 미치지 못하지만 내력 면에 있어서도 한조산을 뛰어넘는 정도가 되었다.

그건 말할 필요도 없이 단전에 엉켜 있던 만년한철 같은 기운을 현천심공으로 거의 다 녹여낸 덕분이었다.

'으음!'

한조산 역시 이한성의 엄청난 내력에 나직한 신음을 삼켰다.

그렇게 되기까지 손가락이 부러질 정도로 타혈술을 펼쳤다.

왼손을 잘라내고 오른손 하나만으로 타혈술을 펼쳤기에 한조산은 피를 몇 번이나 토했다. 그런 처절한 노력으로 주화입마의 위험에서 물길을 바로잡아 내력을 다져 주었지만 메추리알만 한 느낌의 한 덩어리는 여전히 요지부동이었다.

그것은 어떤 방법으로도 녹여지지 않았고 접근마저 불가능했다.

지금 역시 마찬가지다.

아무리 내력을 불어넣어도 그 한 덩어리는 금강석으로 만들어진 조가비처럼 껍질을 다물고 있었다.

대체 그 속에 무엇이 들었는지 알 수가 없었다.

짐작이라도 가능하면 답답함이 덜할 텐데 전혀 불가능했다.

만약 그것마저 모두 녹여낸다면?

그럼 지금 당장 구 성을 뛰어 넘고 십 성을 바라보는 단계까지 도달할 수 있을 것 같았다.

그만큼 그 덩어리는 신비스럽고도 단단했다.

‘정말 모를 일이다.’

한조산은 자신도 모르게 고개를 저었다.

왜 이 기운 한가닥은 끝까지 풀리지 않고 남아 있는지 이해가 가지 않았다.

‘수린이를 만나야 풀릴 기운인가?

한조산은 이한성이 했던 것과 똑같은 생각을 했다.

두 사람은 어떤 동일한 운명의 물줄기에서 헤엄치며 서로를 만나고 지금까지 흘러 온 것 같다는 생각이 들었다.

그렇지 않다면 이런 말도 안 되는 인연이 있을 수 없었다.

“휴우—”

한조산은 긴 한숨을 내쉬며 이한성의 맥문을 놓았다.

더 이상은 자신이 할 수 있는 것은 없었다.

그것은 운명이나 신의 영역이리라.

“수린이에게 시간이 얼마나 남은 것 같으냐?”

하수린을 떠올린 한조산은 아련한 눈으로 창밖을 응시하며 물었다.

언제나 친 할아버지처럼 자신을 따르던 아이였다.

너무 연약해서 심한 바람에도 부러질 것 같았지만 꽃의 정령 같던 아이였다.

하수린을 생각하면 경직된 마음이 스르르 녹고 평범한 할아버지가 되고 만다. 당장 옆에 나타나서 재잘거린다면 딴 사람으로 변해 우무상이나 사철해의 눈이 두 배로 커질 것이다.

“길어야 일 년 정도……..”

이한성은 무거운 음성으로 답했다.

“시간이 별로 없구나.”

나지막하게 중얼거린 한조산은 배첩 한 장을 내밀었다.

“이걸 가지고 개방으로 가서 개방도를 이용하거라. 수린이의 아버지 하국주와 헤어질 때 개방 분타에 표식을 남기기로 하였으니 어디에 있든 항상 개방 분타를 주시하고 있을 것이다.”

배첩을 이한성에게 건넴과 동신에 한조산은 자신이 생각해둔 방법을 일러주었다.

“잘 알겠습니다.”

한조산의 설명을 들은 이한성은 묵묵히 고개를 끄덕였다.

“찾아서 수린이의 천형을 고치고 나면 어쩔 생각이냐?”

한조산은 이한성이 실패한다는 생각은 단 한 번도 해보지 않았다.

그런 녀석이라면 지금까지 따라오지도 못했을 것이다.

아니, 세상 모든 사람은 실패하더라도 이한성은 성공할 것이다.

“강호유람을 조금 하다가 이리로 오겠습니다.”

“이무기들이 득실거리는 이곳이 뭐가 좋다고 다시 온다는 말이냐?”

한조산이 고함을 질렀다. 그러나 표정은 고함만큼 질색이 아니었다.

“넓은 세상이다. 그리고 네 녀석은 절대로 이 골짜기에서 죽치고 지낼 팔자가 아니다. 이곳은 더 이상 미련두지 말고 구주를 종횡하며 활짝 날개를 펼치거라.”

한조산은 자신의 꿈을 아들에게 물려주듯 이한성을 향해 말했다.

이한성은 아무 대답 없이 한조산의 시선을 맞받았다.

그런 꿈은 꾸어보지도, 꿀 처지도 아니었다.

또한 꾸고 싶지도 않았다.

하수린과의 약속만 지키고 나면 약초나 캐며 조용히 살고 싶었다.

“답답한 놈…….”

이한성의 생각을 읽었는지 한조산이 나직하게 한숨을 내쉬었다.

‘그래! 어쩌면 그런 것이 가장 힘든 꿈일지도…….’

한조산의 시선이 다시 창밖으로 향했다.

“형님! 웬 훈계가 그리 깁니까? 모두 침을 꼴딱거리며 기다리고 있습니다. 어서 오십시오!”

밖에서 우무상이 고함을 치며 한조산을 불렀다.

연회장에는 이한성의 출관을 축하하기 위한 술자리가 잔칫상처럼 크게 마련되어 있었다.

“쯧쯧! 저놈 때문에 언젠가는 이곳에서 도망을 칠지도 모르겠다."

한조산은 혀를 차며 자리에서 일어났다.

그에게도 천적은 있었던 것이다.

"부디 몸조심 해라!"

다음 날 아침, 이한성을 따라 강호로 나가는 아들과 딸을
보며 조용화가 신신당부를 했다.

계절은 더위가 한풀 꺾여 길 떠나기에는 그리 불편하지 않
은 날씨였다.

하지만 자식들을 험난한 강호로 모두 떠나보내는 조용화
는 좋은 날씨가 오히려 야속하기만 했다.

"걱정 마세요, 어머니. 오빠와 한성 오라버니 곁에서 한시
도 안 떨어질께요."

사진혜가 연신 대문 밖을 쳐다보며 답했다.

그녀는 조용화가 혹시나 다시 주저앉히지 않을까 하는 걱
정에 어서 대문을 나서고 싶은 마음뿐이었다.

"대답만 하지 말고!"

조용화가 사진혜의 등짝을 철썩 두드리며 다시 당부했다.

사진혜가 아파죽는 시늉을 하며 상체를 뒤틀었다. 그러면
서도 그녀의 눈은 대문 쪽을 떠나지 않았다.

"조심하거라."

한조산이 깊은 눈으로 이한성을 보며 말했다.

“저보다 사부님께서는……?”

이한성은 오히려 한조산을 걱정했다.

살막의 암살 성공으로 이미 죽은 사람으로 되어 있는 한조산이었다.

그러니 정체를 드러내며 자유롭게 강호를 유람할 수도 없는 입장이었다.

언제나 신분을 숨기며 움직여야 할 것이고 어디를 가든 제약을 받을 것이다.

“내 걱정은 말거라. 세상에 이곳보다 더 편한 곳이 어디 있겠느냐. 이곳에서 아무 걱정 없이 여생을 보낼 생각이다.”

한조산이 담담한 음성으로 답했다.

정말 그럴 생각인지, 아니면 이제 할 일을 다 했으니 아무런 미련 없다고 어디로 훌쩍 떠날 것인지는 알 수 없었다.

“암요. 형님같이 더러운 성격에 어디 가서 이곳만 한 대접을 받는답니까.”

우무상이 추괴한 얼굴을 일그러뜨리며 약을 올렸다.

“쯧쯧!”

한조산이 혀를 찼다.

이젠 일일이 상대하기도 귀찮다는 표정이었다.

“말이야 맞는 말이지요.”

내당주 독혈편 공철기와 외당주 쌍마겸 육지하도 고개를 주억거리며 우무상의 말에 동조했다.

"이놈들이?"

한조산이 눈을 매섭게 부릅떴다.

"계속 떠들면 다시 점혈해 버리겠다. 그리고 이번에는 두 배는 더 고통을 느끼게 만들겠다."

한조산이 으름장을 놓았다.

"같이 늙어가는 처지에 점혈은 무슨……."

우무상이 다시 약을 올렸다.

이한성은 보일 듯 말 듯 미소를 지었다.

세월은 쇠도 녹슬게 하여 부스러기로 흩어버린다고 했다.

오 년여의 세월 속에 서로 잡아먹을 듯하던 관계가 이렇게 친구같이 변해 있었다.

이들이 있어 사부 한조산은 외롭지 않을 것 같았다.

"사부님 말씀대로 이곳에 계십시오. 그럼 최대한 빨리 돌아오겠습니다."

이한성이 옥신각신하는 두 사람 사이를 끼어들며 당부했다.

"네 녀석 걱정이나 해라."

한조산이 짤막하게 대꾸하고는 탁 트인 절벽 앞쪽을 응시했다.

언제나 그곳에는 구름이 지나가고 있었다.

한조산은 그 구름에 시선을 고정시킨 채 더 이상 아무 말도 하지 않았다.

"그럼, 옥체 보중하십시오."

이한성은 한조산을 향해 깊이 읍을 한 후 다른 사람들에게도 인사를 하고 등을 돌렸다.

등을 돌린 후 이한성은 한 번도 뒤돌아보지 않고 대문을 향해 석상처럼 걸어갔다.

"같이 가요, 한성 오라버니!"

멍하니 이한성의 뒷모습을 쳐다보던 사진혜가 고함을 지르며 종종걸음을 쳤다.

그 뒤를 사용진이 몇 번이나 고개를 돌리며 따랐다.

한조산은 여전히 구름에 눈길을 고정시킨 채 미동도 하지 않았다.

"들어가시지요, 형님! 오늘은 하루 종일 마셔봅시다. 제가 십 년 묵힌 매실주를 오늘 전부 따겠습니다."

이한성과 사진용등의 모습이 완전히 사라지자 우무상이 처음으로 한조산의 비위를 긁지 않고 말했다.

생전 처음 듣는 우무상의 상냥한(?) 목소리에도 불구하고 한조산은 돌이라도 된 듯 절벽을 타고 도는 구름에만 시선을 주고 있었다.

화양루(華楊樓)
第二十三章

하남성 허창(許昌)에 자리한 화양루(華楊樓)는 삼층 건물이
었는데 화려하면서도 주변 경관과 잘 어울리는 외양을 하고
있었다.

앞쪽에는 작은 호수가 하나 있었고 호수 주변으로 수양버
들이 줄지어 자라 호수의 정경을 더욱 운치있게 해주었다.

화양루는 그 수양버들과 잘 어울리게 여성미를 살려 건축
되었는데 멀리서 보면 긴 머리를 휘날리며 호수를 구경하는
여인처럼 보였다.

그런 외양 때문인지 이곳 화양루는 특히 여인들이 많이 찾
아 차를 마시거나 음식을 들며 수양버들이 우거진 호수를 구

경하였다.

오늘 역시 화양루의 손님 중 반 이상이 여인들이었다.

"백부님 이것도 좀 드세요. 매일 밤잠을 설치며 연구만 하시느라 얼굴이 많이 상했어요. 이러다간 얼마 못 가 쓰러지겠어요."

화양루의 이 층에서 꾀꼬리 같은 목소리가 울렸다.

열일곱이나 되었을까, 수양버들처럼 긴 머리를 허리까지 늘어뜨린 소녀가 앞에 앉은 중년인에게 젓가락으로 연신 음식을 집어주고 있었다.

중년인은 오십 후반쯤 되어 보였는데 소녀의 말처럼 최근 무리를 했는지 얼굴이 핼쑥하고 눈마저 쾡하게 들어가 있었다.

그런 중년인에게 영양보충이라도 해줄 생각이었던지 소녀는 영양가 높은 음식들을 시켜놓고 그중에서도 먹음직스러운 것만 골라 젓가락으로 집어주고 있었다.

"그만 됐다. 이러다간 배탈 나서 드러눕겠다. 허허!"

수척한 얼굴의 중년인은 손사래를 치면서도 소녀의 귀여운 모습에 너털웃음을 터뜨렸다.

"천천히 꼭꼭 씹어드시면 되죠. 오늘은 여기 나온 음식 다 드시고 가셔야 해요. 안 그러면 집에까지 싸 가서 하루 종일 따라다니며 드시게 할 거예요."

소녀가 잔뜩 엄한 표정을 지으며 중년인을 협박했다.

"하하하!"

중년인은 다시 너털웃음을 터뜨렸다.

딴에는 최대한 무거운 표정을 짓고 있었지만 어린 티를 다 벗지도 못한 앳된 얼굴은 깨물어주고 싶을 정도로 귀엽기만 했다.

"웃지만 마시고 어서 드세요. 오늘 백부님 영양보충 시켜주지 못하면 제가 아빠에게 혼난단 말이에요."

공들여 지은 엄한·표정도 별 효과가 없자 소녀는 다른 방법으로 엄포를 놓았다.

"알았다. 내 최선을 다해서 먹을 테니 너도 먹도록 하거라. 이 많은 음식을 나 혼자 다 먹으면 배가 터져서 죽을 것이다."

중년인은 여전히 인자한 미소를 지우지 못하며 고개를 끄덕였다.

"저도 먹을 테니 백부님도 어서 드세요. 드시고 힘이 나셔야 연구도 더 잘 하실게 아니에요. 이러다 체력이 고갈 나 쓰러지시면 어떻게 연구를 하겠어요,"

"그래. 그건 맞는 말이구나. 쓰러지면 연구 아니라 몸 가누기도 힘들지. 그러니 어서 먹자꾸나."

"이제야 말이 좀 통하네요. 집에서도 그랬으면 아버지께서 이런 일도 안 벌였지요. 뭐 그 덕분에 제가 잘 먹긴 하지만요. 호호호!"

소녀는 교소를 터뜨리며 음식들을 맛있게 먹었다.

복스럽게 먹는다는 말은 이런 경우에 쓰는 말인 것 같았다.

허겁지겁 많이 먹지 않고 조금씩 집어서 고양이처럼 먹었지만 오물거리며 음식을 먹는 소녀의 모습은 정말 복스러웠다. 그래서 그런지 소녀의 얼굴과 전체적인 모습에서는 건강미와 활기가 넘쳤다.

"허허!"

그런 소녀의 모습에 중년인은 젓가락을 멈추고 한없이 인자한 미소를 지었다.

"어서 드세요, 백부님. 음식 식겠어요."

중년인이 잠시 젓가락질을 멈추자 소녀가 다시 채근했다.

"알았다. 먹으마."

중년인은 멈추었던 젓가락을 다시 움직였다.

"아주 깨가 쏟아지는구만!"

중년인이 젓가락을 막 들어 올리려는 찰나, 옆쪽 구석에서 걸쭉한 목소리가 들렸다.

목소리는 불량기가 가득했고 북을 치듯이 크게 울렸기에 음식을 먹거나 차를 마시던 사람들이 모두 고개를 돌렸다.

구석자리 한 곳에 다섯 명의 사내들이 앉아 있었다.

모두 삼십대 중반쯤 되는 사내들이었는데 한 명은 청의를 걸치고 다른 네 명은 흑의무복을 걸치고 있었다. 청의를 걸친 자가 우두머리인 듯했다.

"저놈들……."

누군가 신음처럼 나직하게 외쳤다.

그 목소리에는 만약 그들이 이곳에 있다는 것을 알았다면 애초에 앉지도 않았을 것이라는 후회의 기운이 서려 있었다.

사내들은 구석에서도 그늘진 곳에 앉아 있어 눈여겨보지 않고는 그들의 존재를 알아차릴 수 없었던 것이다.

그들 다섯 사내들은 인근에 자리 잡은 장현방(張鉉幇) 소속의 무사들이었다.

장현방은 최근 흑도 전성시대를 맞아 급격히 세를 불린 문파로 한때 인근의 산적이었던 무리들이 그 주축을 이룬다고 알려져 있었다.

그들은 장현방이라는 간판을 내걸고 이곳 저잣거리에서 보호비 명목으로 돈을 뜯는 일이 주업이었는데 소녀의 집안과는 앙숙이었다.

소녀의 부친은 이곳에서 진성무관(辰星武官)이라는 무관을 운영하고 있었다. 그러니 자연 장현방의 횡포에 맞서 부딪칠 수밖에 없었다.

이제까지 진성무관으로 인해 장현방의 횡포가 그나마 덜했다. 하지만 최근에는 장현방이 노골적으로 시비를 거는 일이 잦아 신경을 곤두세우고 있었다.

"저놈들이라고?"

흑의를 입은 깡마른 사내가 신음처럼 목소리가 들려온 쪽을 향해 날카로운 시선을 주었다. 그러나 그곳에는 여러 명의

손님들이 앉아 있어 누가 자신들을 저놈들이라고 불렀는지
알 수가 없었다.

“어느 놈인지 나와! 주둥이를 찢어놓을 테니.”

깡마른 사내가 고함을 쳤다.

물론 아무도 나서지 않았다.

모두들 그들과 눈을 맞추지 않기 위해 고개를 돌리고 있었
다.

“병신아. 주둥이를 찢는다는데 어떻게 나오겠냐. 상을 준
다고 해야 나오지.”

청의 사내가 빈정거리자 다른 흑의 사내들이 박장대소를
했다.

청의사내는 장현방의 외당 소속 조장 지동만(芝洞晩)이었
다. 그리고 깡마른 사내는 그의 조원인 문청기(文青氣)였다.

“젠장!”

무안을 당한 문청기가 씩씩거리며 자리에 앉았다.

“백부님 오늘은 그만 먹어야겠어요. 이만 일어나기로 해
요.”

잠시 자신들에게서 관심이 멀어진 틈을 타 소녀가 중년인
을 끌며 자리를 뜰 차비를 했다.

중년인도 분위기가 심상찮음을 느꼈는지 고개를 끄덕이며
자리에서 일어섰다.

“깨가 쏟아지게 먹었으면 그 깨를 우리에게도 좀 나눠주고

가셔야지.”

지동만이 다시 걸걸한 목소리로 시비를 걸었다.

“어서 가요, 백부님!”

진성무관주의 딸 강아연(姜娥蓮)이 상대할 것 없다는 표정
으로 중년인의 팔을 끌었다.

“어허! 깨소금 좀 나눠주고 가라는데 이렇게 야박하게 굴
것 없잖아.”

지동만이 얼른 일어서서 두 사람의 앞을 막았다.

“그곳에서 물러나!”

문쪽에서 다른 사내의 목소리가 들렸다.

진성무관 소속의 청년 무사 두 명이었다.

그들은 관주의 딸 강아연과 중년인의 호위를 맡아 문 앞에
서 기다리다가 시비가 일자 모습을 드러낸 것이다.

“아이구! 개들도 데리고 오셨네. 이거 겁나서 못살겠군!”

깡마른 사내가 끼어들며 좀전의 분풀이를 하듯 빈정거렸
다.

“어서 가요, 백부님!”

호위들이 나타나자 강아연이 다시 중년인의 소매를 끌었
다.

“그렇게는 안 된다는데 그러네.”

백의 사내가 강아연의 팔을 잡아챘다.

“손 치워!”

진성무관 무사 하나가 지동만을 향해 주먹을 날렸다.

그는 위윤석(僞闰錫)이라는 이름의 청년으로 진성무관에서 권법을 익히고 있었다.

제대로 배웠는지 군더더기 하나 없는 주먹이었다. 또한 정통으로 맞으며 관자놀이가 푹 꺼질 정도로 강한 힘이 실려 있었다.

"아이쿠!"

지동만이 비명을 지르며 위윤성의 주먹을 피했다.

큰 목소리로 비명은 질렀지만 그것은 다분히 과장된 것이었다.

비명과 다르게 그의 움직임은 조금도 서두르지 않았다. 그리고 최소한으로 고개만 숙여 위윤석의 주먹을 피했다.

한 눈에 보기에도 지동만의 무공이 한 수 위라는 것을 알 수 있었다.

"엄마 젖이나 더 먹어야겠다!"

위윤석의 주먹이 다시 날아들자 지동만은 상체를 젖힌 후 무릎을 차올렸다.

복부로 날아드는 무릎을 향해 위윤석이 손을 내려 막는 순간 지동만의 주먹이 위윤석의 가슴을 때렸다.

퍼억!

가슴을 정통으로 가격당한 위윤석이 일 장 가까이 뒤로 나가떨어졌다.

"쿨럭!"

위윤석의 입에서 선혈이 쏟아졌다.

그냥 휘두른 주먹 같았지만 진기를 가득 실어 내상을 입힌 것이다.

"위 오라버니!"

강아연이 고함을 지르며 위윤석에게로 달려가려 했지만 이번에는 깡마른 사내, 문청기가 강아연의 어깨를 잡았다.

"비켜!"

문청기의 팔을 향해 검이 떨어져 내렸다.

위윤석과 같이 온 고만국(高漫局)이 위윤석의 입에서 쏟아지는 선혈을 보며 득달같이 검을 휘두른 것이다.

파앗―

문청기가 급히 팔을 빼냈지만 손목 어림에 고만국의 검이 스치고 지나가며 선혈을 뿌렸다.

"이 개자식이?"

자신의 피를 본 문청기의 눈이 뒤집혔다.

"죽여 버리겠다."

쨍!

문청기가 검을 뽑았다.

잘 벼리어진 그의 검에서 시린 예기가 뻗어 나왔다.

쨍!

쨍―

문청기를 따라 다른 흑의 사내들도 동시에 검을 뽑으며 고만국을 에워쌌다.

하나같이 이런 상황을 기다리고 있었다는 듯한 움직임이었다.

갑작스럽게 칼부림이 벌어지는 사태가 발생하자 싸움구경을 하겠다고 자리에 버티고 있던 손님들이 비명을 지르며 밖으로 나가려 했지만 흑의 사내 하나가 검을 빼 들고 문 앞을 막아섰다.

"이왕 시작된 싸움, 마저 구경하고 가는 것이 어떻겠소."

문 앞을 막아선 사내가 느물거리며 웃었다.

손님들이 빠져나가 관아에 신고하는 것을 사전에 막자는 속셈이었다.

"죽여도 곱게 죽이지 않겠다."

장내가 정리되자 문청기가 콧김을 내뿜으며 고만국에게로 다가갔다.

그의 눈에서 이글거리는 살기로 보아 기필코 고만국을 죽일 심산이었다.

"죽이는 건 너무 심하고 팔 하나씩만 잘라라."

조장 지동만이 문청기의 어깨를 두드리며 지시를 내렸다.

그것이 애초의 각본이었다.

그들은 처음부터 진성무관과 시비를 벌이기 위해 강아연 일행을 은밀히 뒤따라 여기까지 왔다.

최근 진성무관을 무너뜨려야겠다고 계획한 장현방은 조장 중에서 제일 실력이 뛰어난 지동만과 가려 뽑은 조원들을 보낸 것이다. 그리고 이곳에서의 시비를 시작으로 전면적인 싸움을 벌일 생각이었다.

"기필코 팔 하나씩은 자르겠다."

화를 조금 삭인 문청기가 고함과 함께 검을 휘둘렀다.

살려놓는 대신 최대한 큰 상처를 입히겠다는 듯 그의 검이 무섭게 회전했다.

따앙—

문청기의 검과 고만국의 검이 부딪치며 날카로운 검명이 울렸다.

귀에서 연기가 날 정도로 날뛰던 모습과는 달리 격돌을 하게 되자 문청기의 검이 휘청 튕겨올랐다.

고만국의 실력이 문청기에 한 수 앞선 것이다.

그만한 실력이 있었기에 강아연의 호위를 맡은 모양이었다.

"이, 이 죽일 놈!"

문청기가 입술을 질겅질겅 씹으며 다시 검을 휘둘렀다.

그러나 그의 검은 이번에도 맥없이 막히고 고만국의 검은 그의 가슴을 향해 날아들었다.

휘익—

문청기의 가슴이 갈라지려는 찰나, 다른 흑의 사내의 검이 고만국의 허리를 향해 날아들었다.

고만국은 문청기의 심장을 가르려던 의도를 접고 허리로 날아드는 검을 쳐 냈다.

휘익!

다시 한 개의 검이 고만국을 향해 날아들었다.

그와 동시에 본격적인 합공이 시작된 것이다.

고만국은 눈살을 찌푸리며 침착하게 세 명을 상대해 나갔다.

그러나 한 개의 주먹이 열 주먹을 당할 수는 없는 법이다.

동시에 날아드는 세 자루의 검에 고만국의 손발이 금방 어지러워지고 검초가 흔들렸다.

쨍강—

마침내 고만국의 검이 바닥에 떨어졌다. 그리고 흑의 사내 하나의 검이 고만국의 목에 닿아 있었다.

"고 오라버니!"

강아연이 파랗게 질린 채 고만국을 불렀지만 여전히 지동만이 앞을 가로막고 있었다.

"약속대로 두 놈들의 팔을 하나 잘라라! 아니, 이 중늙은이 팔까지, 팔 세 개를 잘라라!"

지동만이 강아연과 함께 있는 중년인의 멱살을 잡아 부하들에게로 던지며 명령을 내렸다.

"백부님!"

강아연이 비명을 질렀다.

그러자 지동만이 강아연의 머리채를 잡아챘다.

"아버지를 잘못 만난 죄이니 우리를 원망 마라! 어서 잘라라!"

지동만이 단호한 음성으로 고함을 치자 문청기가 검을 쳐들었다.

"크윽!"

검을 쳐들어 막 내려치려던 문청기가 갑작스런 비명과 함께 푹 쓰러졌다.

그건 마치 마른하늘에서 벼락이라도 맞은 모습이었다.

"뭐, 뭐냐?"

다른 사내들이 달려들어 문청기를 살폈지만 문청기의 몸 어느 곳에도 외상은 보이지 않았다.

"웬 놈들이냐?"

뭔가를 느낀 지동만이 신속히 신형을 돌리며 고함을 질렀다.

그의 예상대로 문 쪽을 지키던 부하 하나도 쓰러져 있었고 그곳에는 언제 나타났는지 이남 일녀의 세 사람이 서 있었다.

역광을 받아 외모는 확실히 눈에 들어오지 않았지만 훤칠한 키에 군살 하나 없는 몸매의 청년들이었다. 또한 모두들 검을 차고 있어 강호인들이 분명했다.

"웬 놈들이냐?"

지동만도 검을 뽑아 들며 세 사람을 잡아먹을 듯이 노려보았다.

그러나 그의 표정에는 진한 긴장감이 번져 나갔다.

언제 들어섰는지도 모르게 나타나 순식간에 부하 둘을 쓰러뜨렸다. 그리고 아직 어떤 수법으로 부하들을 쓰러뜨렸는지 파악도 되지 않았다.

"웬 놈들이냐고 물었다."

지동만이 다시 고함을 질렀다.

그러나 세 사람은 아무 대답도 없이 태연히 걸음을 옮겨 강아연과 함께 왔던 중년인 쪽으로 다가갔다.

입구에서 걸음을 옮겨 중앙으로 들어서자 청년들의 모습이 확연히 눈에 들어왔다.

세 명 모두 예상보다 훨씬 젊어 보였다.

당당한 체격으로 보아 이십대 중반쯤으로 생각했지만 세 명 모두 아직 스물도 안 되어 보였다.

칼부림의 난동 속에서 눈먼 칼에 맞지 않기 위해 모두 구석으로 몰려 있던 손님들은 새로 나타난 세 사람을 보며 한가닥 안도의 눈빛을 했다.

순식간에 두 사람을 해치워 버렸으니 남은 세 사람이라고 그렇게 못하란 법이 없었다. 또한 그들 세 사람의 움직임은 장현방 놈들 따위는 안중에도 두지 않는 듯했다.

"건방진!"

지동만이 고함을 지르며 가장 가까운 곳에 앉은 청년을 향해 검을 날렸다.

"아악!"

누군가 고함을 질렀다.

지동만의 검이 제일 키가 큰 청년의 목을 여지없이 가를 태세였기 때문이다.

그러나 청년은 물론, 동료로 보이는 일남 일녀도 전혀 동요하지 않고 걸음을 옮겼다.

쨍!

서걱! 하는 소음 대신 쇳소리가 울렸다.

지동만의 눈이 두 배로 크게 변했다.

목이 달아날 것이라 생각했던 청년이 맨손으로 자신의 검을 잡고 있었기 때문이다.

언제 손을 뻗었는지 보지도 못했다. 또한 손에는 분명 아무것도 끼지 않았다. 그런데 맨손에 부딪친 검이 쇳소리를 토하며 그대로 잡혀 버렸다.

그것뿐만 아니었다.

땡강—

비명을 지르며 지동만의 검이 두 동강이 났다.

맨손으로 검을 잡은 청년이 급기야 검마저 부러뜨린 것이다.

"이, 이게!"

지동만이 경악의 눈을 한 채 반 토막 난 자신의 검을 쳐다보았다.

바위를 쳐도 부러지지 않던 검이었다.

그런데 그것이 맨손에 의해 수수깡 부러지듯 부러져 있었다.

지동만은 믿어지지 않는 눈으로 부러져 나간 반토막의 검을 쳐다보았다.

그것은 어느새 자신의 목덜미에 닿아 있었다.

청년은 맨손으로 부러뜨린 검을 여전히 손에 쥔 채 그것으로 지동만의 목을 겨누고 있었다.

"지금 당장 동료들을 데리고 떠나면 더 이상의 불상사는 없을 것이오."

부러진 검으로 지동만의 목을 겨눈 청년이 말했다.

외모만큼 어린 목소리였지만 무언가 항거할 수 없는 힘을 지니고 있었다.

그것은 자신보다 압도적인 무공을 지닌 고수들에게서 느껴지는 위압감이었다.

"아, 알겠소!"

지동만이 급히 뒤로 물러났다.

밑바닥부터 누비며 지금의 위치까지 올라온 그였기에 눈치는 누구보다 빨랐다.

나이를 떠나 이들은 자신의 상대가 아니었다.

아니, 상대는 물론이고 쳐다볼 수도 없는 고수였다.

맨손으로 검을 막고 부러뜨리는 정도의 반탄강기를 뿜어내는 사람들이라면 살기만으로도 자신들을 죽일 수 있을 것이다.

후다닥!

지동만을 비롯한 그의 부하들이 부리나케 주루를 빠져나갔다.

"휴우—"

"휴!"

이곳저곳에서 억눌린 한숨들이 터져 나왔다.

장현방 놈들의 기세로 보아서는 분명 세 사람의 팔을 잘랐을 것이고 그걸 목격한 자신들 역시 어떤 횡액을 당했을지도 몰랐다.

다시 한 번 긴 한숨을 터뜨린 사람들의 시선이 이남일녀의 세 사람에게로 고정되었다.

쨍강—

맨손으로 부러진 검신을 잡고 있던 청년이 검 조각을 바닥에 던졌다. 그리고는 천천히 걸음을 옮겨 강아연과 같이 온 중년인에게로 다가갔다.

지동만의 손에 멱살을 잡혀 던져진 중년인은 여전히 바닥에 주저앉아 있었다.

중년인 앞에 다가간 청년이 천천히 허리를 숙였다. 그리고는 조심스럽게 중년인의 두 팔을 잡아 일으켰다.

중년이 옆에서 파랗게 질려 있던 강아연이 내심 탄성을 터뜨렸다.

자신보다 몇 살 더 들어 보이지 않는 청년이었다.

그런데 너무나 두텁고 진한 기운이 온몸을 감싸고 있었다.

날 때부터 무사들의 수련 장면과 기합 소리를 듣고 자란 진성무관 관주의 딸이기에 그런 기운에 대해서는 잘 알고 있었다.

상상도 못할 정도로 지독한 수련을 한 사람들만이 이런 기운을 풍길 수 있다.

알고는 있지만 이 정도 기운을 풍기는 사람은 직접 만나 본 적이 없었다.

평생을 무관을 운영하며 무공을 닦은 아버지도 이런 기운은 풍기지 않았다.

강아연은 빨려들듯 청년을 바라보고 있었다.

"오랜만입니다. 어르신."

중년인을 일으킨 청년이 깊숙이 허리를 숙였다.

"누, 누구?"

지옥 문턱에까지 갔다 온 중년인이 넋이 나간 눈으로 청년을 올려다보았다.

훤칠한 청년의 키에 그의 목은 한참이나 뒤로 젖혀졌다.

"자, 자네!"

　잠시 후 중년인이 벼락이라도 맞은 듯 온몸을 떨며 자신을 일으킨 청년의 양팔을 움켜잡았다.

　“자네…… 정말 자네인가? 정말!”

　산동제일의 천호연은 울부짖듯 고함을 지르며 이한성의 팔을 흔들었다.

　“맞구만! 정말 자네로구만! 정말 자네야!”

　온몸의 힘이 쭉 빠진 천호연의 신형이 휘청거렸다. 그러나 강철 같은 이한성의 팔은 조금도 흔들리지 않고 천호연을 부축했다.

　“대체, 이게 얼마 만인가? 이게…….”

　천호연은 목이 메어 더 이상 말을 잇지 못하고 망연히 이한성의 얼굴만 쳐다보았다.

　“대체 이제껏 어디에 있었나. 그리고 은하표국은 어떻게 된 것인가? 유걸 동생은? 수린이는 어디에 있나? 아니, 그보다 자네… 내가 보이는가?”

　조금 마음을 가라앉힌 천호연은 폭포수 같은 질문을 던졌다.

　오 년 전, 자신이 떠난 직후 은하표국은 정체 모를 괴한에 의해 폐허가 되었다고 들었다. 그 소식을 듣는 즉시 그곳으로 달려가서 그곳 사람들의 병을 치료해 주며 그날 일에 대해 은밀히 수소문했다.

　그들에게서 마지막 순간 마차 여러 대가 빠져나갔다는 말을 듣고 하유걸 가족들이 무사하다는 것을 짐작하고 연구를 계속했지만 그들의 안위가 너무나 궁금했다.

천호연의 연속된 질문에 이한성은 희미하게 웃었다.

어느 것 하나라도 제대로 대답을 하려면 한 식경은 걸려야 할 질문인데 천호연은 한꺼번에 몇 개를 연달아 쏟아내고 있는 것이다.

"천신만고 끝에 시력은 회복했습니다. 다른 얘기들은 저녁에 자세히 말씀 드리겠습니다."

이한성은 차분하게 답했다.

"우선 술부터 한 잔 시킵시다, 사형! 죽자고 달려 왔더니 목이 마르군요."

두 사람의 재회를 한동안 지켜보던 사진용이 입맛을 다시며 말했다.

사진혜도 같은 심정인지 마른침을 삼켰다.

천호연이 머무르고 있는 진성무관으로 갔다가 다시 이곳까지 단숨에 달려 왔기에 목에서 단내가 났다.

"점소이! 여기 술 좀 가져와요."

강아연이 얼른 술을 시켰다.

겁먹은 눈으로 이한성 일행을 쳐다보고 있던 한 점소이가 부리나케 달려가 술 몇 병을 가져왔다.

벌컥!

사진용이 술병째 입으로 털어 넣었다.

사진혜도 오빠를 따라 병나발을 불었다.

강호 경험이 없는 그녀는 강호인이라면 당연히 그렇게 한다고 생각하며 오빠를 따라 했다.

아직까지 주루 구석으로 몸을 피해 있던 사람들은 온통 세 사람을 쳐다보며 침을 삼켰다.

장현방 놈들을 쫓아버렸으니 정파인이 분명하지만 맨손으로 검을 잡고 부러뜨리는 가공할 이한성의 무위에 선뜻 몸을 움직일 용기가 나지 않았다. 또한 살수의 무공을 익힌 사진용과 사진혜의 몸에서 피어오르는 칼날 같은 예기는 간담을 오그라들게 했다.

"이젠 배가 고파요."

술을 마신 사진혜가 말했다.

"그래. 나도 마찬가지니 뭘 좀 먹자."

이한성은 옅은 미소와 함께 고개를 끄덕거렸다.

천호연이 머무르는 곳이 가까워졌다는 급한 마음에 어제 밤부터 지금까지 아무것도 먹지 못하고 달려만 온 것이다. 조금 전까지는 다른 생각이 안 날 정도로 목이 말랐지만 한 잔 술로 목을 축이고 나니 이젠 허기가 몰려 왔다.

"오라버니도 사람이긴 하군요. 배가 고프다는 걸 보니."

이제껏 영문도 모르고 이곳까지 내내 달려온 사진혜가 투정을 부렸다.

"미안해. 내 생각만 해서."

사과를 한 이한성은 점소이에게 음식을 시켰다.

잠시 후 점소이가 얼른 음식들을 가져왔고 이한성과 사진용 등은 허겁지겁 식사를 했다.

이젠 제자리를 찾아 앉은 모든 사람의 시선이 세 사람에게 모였다.

검을 맨손으로 잡아 그대로 부러뜨려 버렸다는 말은 얘기책 속에서나 들어보았지 두 눈으로 직접 목격하기는 다들 처음이었다. 그리고 그 주인공은 스물 정도밖에 안 되어 보이는 청년이다.

노고수라면 모를까 새파란 청년이 그랬다는 것은 직접 보고도 쉽사리 믿어지지 않았다.

그것은 신성의 출현이라고 해도 과언이 아니었다.

'정말 예상한 그대로 자랐구나.'

천호연도 음식을 들고 있는 이한성을 바라보며 주체할 수 없는 감회에 젖어들었다.

첫 만남부터 예사롭지 않던 소년이었다.

열네 살밖에 안 된 소년이었지만 오히려 자신을 압도했었다.

그리고 지금은 그때 예상한 그대로 철혈의 사내로 성장했다.

대체 어떤 기연이 있어 시력을 회복한 것일까?

누구에게 가르침을 받아 이런 고수가 된 것일까?

하유걸과 하수린은 어떻게 되었을까?

궁금증들이 물밀듯 몰려 왔지만 모든 시선들이 집중된 이곳은 적당치 않았다. 이한성의 말대로 저녁때 집으로 가서 자세히 듣는 것이 나을 것 같았다.

천호연은 수많은 궁금증들을 일단 가슴에 묻고 이한성 일행의 식사하는 모습만 지켜보고 있었다.

"아— 이젠 좀 살 것 같네."

한참을 정신없이 음식을 들던 사진혜가 웬만큼 배를 채웠는지 상체를 들며 한숨을 내쉬었다.

그녀에 이어 사진용과 이한성도 조금씩 식사의 속도를 늦추다가 젓가락을 놓고 찻잔을 들었다.

"소개가 늦었군요. 이 친구들은 제 사제들입니다."

이한성은 두 사람을 동문수학한 사제들로 소개했다.

"반갑습니다. 사진용이라 합니다."

"사진혜입니다."

사진혜화 사진용이 포권을 쥐며 인사를 했다.

"반갑네. 나는 천호연이라는 돌팔이 의원이라네."

"산동제일의!"

이한성 일행이 앉은 자리에 온 관심을 집중하고 있던 누군가가 탄성을 터뜨렸다.

초췌한 모습 때문에 짐작도 못했는데 알고 보니 천하의 명의였다. 또 그런 사람이 장현방 놈들에게 팔이 잘릴 뻔했으니 아찔한 심정을 감출수가 없었다.

"그리고 이 아가씨는 내가 머물고 있는 진성무관주의 딸일세."

"강아연이라고 합니다."

강아연이 볼을 발갛게 붉히며 인사를 했다.

이한성과 사진용에게서 자연스럽게 풍겨 나오는 강한 사내의 향기에 그녀는 정신이 아득해지고 있었다.

"그런데 이곳 무관엔 어쩐 일로……?"

이한성이 궁금증을 드러냈다.

산동제일의란 칭호에 맞게 그는 항상 산동에 머물렀는데 지금은 하남성에 와 있었다. 다행히 개방 총단이 있는 개봉과 가까운 곳이어서 개봉으로 가는 길에 이곳에 먼저 온것이다.

"이곳에서 구할 약재가 있었네. 그런 차에 친분이 있던 진성무관주의 부친께서 고질병이 심해져 겸사겸사 이곳에 머무르는 중일세."

대답을 하면서도 그의 눈에는 여전히 이한성에 대한 궁금증이 가득했다.

"그럼 얼마 동안 그곳에 머물 생각이십니까?"

이한성이 다시 물었다.

앞으로의 행보에 천호연의 역할은 빠질 수 없었다. 그래서 그의 행적은 항상 놓치지 않고 있어야 했다.

“원한다면 자네를 따라감세.”

천호연이 이한성의 생각을 짐작하며 답했다.

“아직은 그럴 단계가 아니고…… . 머무는 곳만 항상 알고 있으면 됩니다.”

이한성의 대답에 천호연의 얼굴이 어두워졌다.

당장 따라가자고 했다면 하수린과 같이 있다는 말일 텐데 그렇지 않으니 마음에 걸린 것이다.

“약속은 꼭 지킬 생각입니다.”

이한성은 바위에 새기듯 확고한 음성으로 말했다.

“알겠네. 그렇다면 번거롭지 않게 이곳에 계속 머무르겠네.”

천호연이 고개를 끄덕였다.

천호연의 말을 들은 강아연의 표정이 환하게 퍼졌다.

언제까지일지는 모르겠지만 천호연이 이곳에 계속 머무르면 할아버지의 병은 다 고친 것이나 마찬가지다.

그것이 우선 기뻤다.

그러나 그것보다 더 기쁜 것은 이한성이 언젠가는 다시 자신의 집으로 찾을 것이라는 사실이었다.

“우선은 내가 머무르는 곳으로 가세. 그곳으로 가서 자세한 얘기도 듣고 진맥도 해봄세.”

마음이 급해진 천호연이 먼저 자리에서 일어섰다.

천호연을 따라 강아연도 들뜬 표정과 함께 얼른 일어섰고 이한성과 사진용, 사진혜도 몸을 일으켰다.

쾅!

일어선 그들이 채 두 걸음도 옮기기 전에 굉음과 함께 주루의 문이 박살 나며 나무 부스러기들이 사방으로 비산했다.

第三十四章

신위(身位)

"아악!"

문 근처에 앉아 있던 손님들이 기겁을 한 채 자리에서 일어나 안쪽으로 몰려들었다. 그리고는 잔뜩 긴장한 표정으로 입구를 쳐다보았다.

박살 난 문 쪽에서 한 사내가 천천히 모습을 드러냈다.

뜻밖에도 이십대 후반의 청년이었다.

아까 달아난 장현방 놈들의 상관이 분명할 것이라고 생각했는데 나이가 어렸다.

청년은 천천히 화양루 안으로 들어와 손님들을 쭈욱 쓸어보았다.

전체적으로 오만한 기운을 풍기는 청년이었다.

또한 냉막한 얼굴에 굳게 다물린 얄팍한 입술은 절로 잔인한 인상을 주었다.

청년은 장현방 외당당주인 냉면나찰(冷面羅刹) 옥기화(玉企和)였다.

다른 당주들이 모두 사십대 후반이나 오십대 초반인 것에 비하면 그는 엄청나게 일찍 출세한 셈이다.

그것은 그의 무공이 그만큼 뛰어났고 일처리도 빈틈없이 잔혹했기 때문이었다.

그는 오늘 화양루에서 진성무관주의 딸과 그 호위무사들에게 시비를 걸어 호위들의 팔을 자르고 진성무관과 전면전을 벌이기 위해 계략을 꾸민 장본인이었다.

뒤에서 부하들을 지휘하고 사태를 지켜보며 가까운 곳에서 기다리고 있었는데 전혀 예상 밖으로 부하들이 혼비백산하여 달려오자 직접 화양루의 문을 부수고 들어온 것이다.

"대체 어떤 새끼야?"

옥기화 뒤로 각각 투박한 무기를 든 열 명가량의 사내가 따라 들어오며 고함을 질렀다.

장현방에 입문하기 전에는 산적질을 하던 그들이었기에 하나같이 험상궂고 날카로운 눈빛을 하고 있었다.

"저 떨거지들은 내가 처리하겠습니다."

사진용이 입맛을 다시며 나섰다.

기억 이전부터 죽도록 수련을 쌓았지만 정작 실전 경험은 한 번도 없는 그였다. 그래서 불끈 호승심이 일었다.

잠시 옥기화를 쳐다보던 이한성은 묵묵히 고개를 저었다.

비릿한 표정에 얄팍한 입술.

저런 놈은 어설프게 밟아놓으면 뒤끝이 아주 더럽다.

사진용은 저런 놈을 철저히 밟아줄 만큼 모진 성격이 아니었다.

살막주인 아버지와 달리 그는 여린 구석이 있었다.

"결자해지(結者解之)라고 했어. 내가 시작했으니 이번 일은 내가 결말을 보겠다."

말을 마친 이한성은 곧바로 옥기화 일행쪽으로 걸어갔다.

너무나 태연히 걸어오는 이한성을 보며 옥기화 일행들이 얼결에 옆으로 물러섰다.

이한성은 그들을 지나 뒤도 돌아보지 않고 주루 밖으로 나섰다.

주루 안은 좁으니 밖으로 나오라는 뜻이었다.

"후후!"

옥기화가 나직하게 웃었다. 그리고는 어슬렁거리며 이한성을 따라 밖으로 나갔다.

구석쪽으로 물러섰던 사람들이 일제히 창문 쪽으로 몰리며 의자와 탁자가 엎어지고 음식물들이 바닥으로 쏟아졌다.

그걸 치워야 할 점소이와 숙수들이었지만 거들떠보지도

않고 손님들의 대열에 동참했다.

"맨손으로 검을 잡았다고? 그것도 모자라 부러뜨렸다고?"

이한성과 마주선 옥기화가 비릿한 미소와 함께 말했다.

"난 믿을 수가 없는데?"

옥기화는 이한성의 손을 유심히 쳐다보았다.

손에 무언가 보갑이라도 끼지 않았나 의심하는 것이다.

"믿든 말든, 상관없소."

이한성이 짤막하게 답했다.

"그럴지도."

옥기화의 입가에 어린 미소가 더욱 짙어졌다.

그리고 언제 뽑았는지도 모를 옥기화의 검이 이한성의 가슴을 향해 날아들었다.

눈이 팽 돌아갈 만큼 빠른 쾌검이었다.

구경꾼들이나 점소이와 주방장의 눈에는 그랬다.

하지만,

이한성은 여유있게 손을 들어 올려 검신의 옆면을 때렸다.

땡! 하는 검명이 울리며 옥기화의 표정이 심하게 일그러졌다.

손목에서부터 팔로, 온 어깨로 전해지는 충격파가 심장까지 전해지며 혈맥이 터질 것처럼 울렁거렸다.

"울컥!"

견디지 못한 옥기화는 한 모금의 선혈을 토했다.

검을 타고든 충격만으로도 기혈이 뒤틀리고 내상을 입은 것이다.

"이 더러운 새끼가 정말!"

옥기화의 부하들이 눈을 뒤집으며 한꺼번에 달려들었다.

단 한 번의 격돌에 자신들의 당주인 옥기화가 내상을 입었다는 사실은 믿을 수가 없었다. 그건 필시 지동만의 부하들이 쓰러진 것과 같은 암수를 썼을 것이라고 생각했다.

스르룽—

이한성은 여전히 느릿한 동작으로 사철해로부터 받은 검, 적운을 뽑았다.

청명한 초가을 햇살을 받은 적운이 시린 검광을 토했다.

파아앗—

적운이 번쩍 눈을 뜨며 사방으로 검광을 토했다.

째째째쟁!

난카로운 금속성과 함께 동강난 열 개의 도검들이 허공으로 떠올랐다.

일 검에 열 개의 도검을 모조리 잘라 버린 것이다.

쉬이익!

놀라 입을 쩍 벌린 옥기화의 부하들 속으로 이한성의 신형이 스며들었다.

퍼퍼퍼퍽!

파육음이 연달아 터져 나왔다.

검신으로 복부를 가격당한 열 명의 사내가 한꺼번에 바닥을 굴렀다.

내력이 실린 가격에 숨통이 막힌 그들은 비명조차 지르지 못하고 파랗게 질린 채 바닥을 데굴데굴 굴렀다.

뒤이어 그들은 창자 속에 든 것을 모조리 게워내며 허리를 펴지 못하고 새우처럼 웅크리고 있었다.

"이, 이 자식!"

옥기화가 눈에 불을 켜며 이한성을 노려보았다.

부하들이 단 한 수에 이렇게 무참하게 쓰러진 적이 없었다.

그건 자신은 물론, 방주가 와도 불가능했다.

맨손으로 검을 잡고 부러뜨린다는 말이 절대로 빈말이 아니었다.

검신을 타고든 막강한 내력은 아직도 기혈을 뒤흔들고 있었다.

옥기화는 이를 악물며 검을 고쳐 잡았다.

상대가 안 된다는 것을 느꼈지만 이대로 물러설 수는 없었다.

그랬다간 자신의 인생은 오늘로 끝이 나는 것이다.

"저 아가씨 앞에 무릎 꿇고 사과한다면 돌려보내 주겠소."

옥기화에게로 시선을 돌린 이한성은 옥기화가 도저히 받아들일 수 없는 조건을 내걸었다.

"개소리!"

옥기화의 볼살이 푸들푸들 떨렸다.

난생 이런 수치는 처음이었다. 그리고 아무리 냉정한 그라도 이성을 잃기에 충분했다.

"죽어라!"

옥기화가 미친 듯이 고함을 지르며 검을 뿌렸다.

그러나 이한성의 검신은 한발 앞서 옥기화의 허리를 가격했다.

퍽―

옥기화의 허리에서 늑골이 몇 대는 부러져 나가는 소리가 터져 나왔다.

"크윽!"

비명을 토한 옥기화가 악을 쓰며 다시 검을 휘둘렀다.

퍼억―

비슷한 파육음이 울리며 반대쪽 갈비뼈 몇 대가 나가는 소리가 울렸다.

"세상에는….”

퍼억―

"꼭 관을 봐야만……."

퍽― 퍼억!

"눈물을 흘리는 사람들이 있지."

퍽! 퍽! 퍽!

"크아악!"

이한성의 검신이 옥기화의 허벅지와 정강이등을 무차별적으로 두드려 나가자 옥기화는 찢어져라 비명을 질렀다.

퍼퍼퍼!

이번에는 손등과 팔목을 두드렸다.

오른 쪽 손목이 부러지며 검을 쥔 손이 줄에 달린 갈고리처럼 덜렁거렸다.

이윽고 검이 손을 떠나 바닥을 굴렀다.

픽!

다시 왼쪽 손목도 부러져 나갔다.

"으아악―"

옥기화의 비명이 온 사방으로 퍼져 나갔다.

퍼퍼픽!

검신이 옥기화의 어깨와 팔꿈치 무릎을 가격했다.

모두 관절 부위로 지독한 통증과 함께 부러지면 절대로 쉽게 낫지 않는 곳이었다.

"제, 제발!"

마침내 옥기화가 바닥을 구르며 애원을 했다.

"계속해 보시오."

옥기화의 목에 검을 댄 이한성이 차가운 목소리로 말했다.

"제발…… 그만하시오. 크윽!"

옥기화가 비명과 함께 고개를 꺾었다.

이한성의 검으로 옥기화의 턱을 들어 올렸다.

"주루에서 당신 부하들을 보고 느꼈지. 고의로 시비를 걸고 뭔가를 꾸미고 있다는 것을……."

이한성의 지적에 옥기화의 표정이 공포에 질렸다.

무공도 고강했지만 단번에 그걸 간파하는 눈은 더 매서웠다.

옥기화는 온몸을 덜덜 떨었다.

더 맞았다가는 평생 자리보전을 해야 할 것 같았다. 지금 역시 아무리 완벽히 고친다 하더라도 병신을 면할 길이 없었다.

오른손은 더 이상 검을 쥘 수 없을 정도로 부러졌고 무릎도 감각이 없는 것으로 보아 평생 절름발이 신세가 될 것이다. 그 정도면 죽는 것이 나을 것 같은데 이상하게도 살고 싶은 욕망이 용솟음 쳤다. 그리고 그 욕망은 지독한 공포를 동반했다.

"나, 난 시키는 대로……."

콰앙!

땅거죽이 터지며 옥기화가 누운 자리 옆에 장정 다섯 명은 파묻을 만한 커다란 웅덩이가 패였다.

그 흙더미에 반 이상 파묻힌 옥기화는 산사람 같지가 않았다.

"당신에게 무언가를 시킨 사람이 당신처럼 관을 봐야 눈물을 흘리는 사람이 아니었으면 좋겠소."

말을 마친 이한성은 천천히 검을 검집에 넣고 등을 돌렸다.

이한성이 자신에게서 멀어지자 긴장이 풀린 옥기화는 그대로 혼절해 버렸다.

우르르—

움직일 수는 있었지만 감히 접근조차 못하고 있던 옥기화의 부하들이 비로소 옥기화에게로 달려 왔다.

그러나 박살 난 나무인형처럼 변한 옥기화를 어떻게 옮겨야 할지 엄두가 나지 않은 그들은 한참이나 우왕좌왕하다가 어디선가 들것을 구해와 옥기화를 들고 사라졌다.

'무서워!'

강아연은 이한성을 보며 온몸이 떨려오는 느낌을 주체할 수가 없었다.

냉면나찰 옥기화나 장현방주가 다시는 딴생각을 품지 못하도록 일부러 심하게 다루었다는 것은 느꼈지만 두려운 감정이 생기는 것은 어쩔 수 없었다.

사진용과 사진혜도 굳은 표정으로 이한성을 쳐다보았다.

세상 누구보다 독한 인간이란 것은 익히 알고 있었지만 실상을 목격하니 간담이 서늘했다.

옥기화와 그의 부하 열 명을 무참히 두드리며 표정 하나, 숨소리 하나 변하지 않았다. 그것이 더 간담을 오그라들게 만들었다.

그야말로 그 사부에 그 제자란 생각이 들었다.

“이제 그만… 가세나.”

다가온 천호연이 가라앉은 음성으로 이한성을 끌었다.

“죄송합니다.”

이한성이 고개를 숙였다.

사람을 고치는 의원 앞에서 너무 잔인한 손속을 펼친 것이다.

“아닐세. 그럴 만하니 그랬겠지. 자넨 어떠한 경우에도 감정에 치우쳐 행동하는 사람이 아니었으니까.”

이한성의 행동을 깊이 헤아리고 있던 천호연은 묵묵히 고개를 끄덕이며 걸음을 옮겼다.

*　　　*　　　*

강아연의 집인 진성무관은 강아연이 돌아온 오후부터 온통 흥분에 휩싸였다.

천호연과 함께 밖으로 나갔다 들어온 강아연이 곧바로 아버지 강이환(姜彝環)에게 달려가 화양루에서의 상황을 하나사로 따라 나간 위윤석과 고만국은 또 그들의 동료들에게 상황을 설명했다.

그 설명을 들은 사람들은 처음에는 아무도 그들의 말을 믿지 않았다.

장현방이 갑자기 그렇게 극단적으로 나온 사실도 그랬고,

스물 정도밖에 안 되어 보이는 청년이 맨손으로 날아드는 검을 잡고 그대로 꺾어버렸다는 사실도 쉽게 믿을 수 없었다.

그러나 강아연과 그녀의 호위를 맡았던 청년들의 말이 서로 한 치도 어긋나지 않았다.

급기야 관주 강이환이 천호연에게까지 가서 사실을 확인하고 나자 믿을 수밖에 없었다.

그동안 호시탐탐 진성무관을 노리던 장현방 외당당주 냉면나찰 옥기화가 두 호위와 천호연의 팔을 자르려 했다는 사실은 거듭 생각해도 아찔했다.

호위로 나간 청년무사들도 무사들이었지만 산동제일의 천호연의 팔이 잘렸다면 그의 인생이 끝난 것이나 마찬가지였다. 또한 그 와중에 강아연이라고 멀쩡했을 리가 없다.

그런 상황에서 아무리 호인군자인 강이환이라도 참지 못했을 것이다.

놈들은 그렇게 노골적으로 도발을 한 후 전면전을 벌여 진성무관을 무너뜨리려 한 것이다.

만약 그런 사태가 정말로 발생했다면?

놈들에게 무너질 진성무관이 아니었지만 뭔가 섬뜩한 느낌이 들었다.

최근 들어 놈들의 움직임이 심상치 않았다.

비밀리에 세를 급격히 불린 것 같기도 했고, 은밀히 고수를 초빙하여 무언가 믿는 구석이 있는 것 같았다.

장현방주 마종각은 생긴 것과는 달리 치밀한 데가 있는 놈이었다.

그런 놈이 무턱대고 그렇게 설치지는 않았을 것이다.

무언가 확실한 준비를 하고 그런 짓을 벌인 것이 분명했다.

다시 한 번 아찔한 심정에 손발이 다 떨렸다.

문득 얼마 전에 정주(鄭州)의 유검가(柳劍家) 가주에게서 들은 말이 생각났다.

유검가는 정주에서 제일 큰 검가였는데 그곳 가주와 최근 우연히 자리를 같이했다.

그때 그는 요즘 정주를 비롯한, 낙양, 허창 등에서 흑도세력이 은밀하게 결집하는 움직임이 보인다는 것이다. 뭔지 모르지만 예사롭지 않으니 정도문파에서도 연맹을 만들 필요가 있다고 했다.

그때는 대수롭지 않게 들었다.

흑도 놈들은 정파보다는 자신들끼리 더 많이 싸운다.

그런 놈들이 결집해 봐야 모래알 뭉치기나 마찬가지다.

그런데 오늘 일을 생각하니 무언가 있었다.

그것이 무언지는 모르겠지만 유검가 가주 말대로 예사롭지가 않았다.

이제부터는 극도로 경계하며 놈들의 움직임을 지켜보아야 할 것 같았다. 그리고 정주 유검가와 연대하는 방향도 적극적으로 모색해야 할 것 같다.

어쨌든 오늘 놈들의 계획은 물거품이 됐고 진성무관은 아무런 피해 없이 무사했다. 또 옥기화를 병신으로 만들어 쫓아버린 청년은 이곳에 와있다.

그 사실이 진성무관 전체를 술렁이게 만들었다.

바깥은 그렇게 술렁거렸지만 천호연의 처소에는 무거운 정적이 내려앉아 있었다.

천호연은 이한성과 함께 숙소에 들자마자 화양루에서부터 참고 있던 궁금증에 대한 질문들을 폭포수처럼 토해냈다.

이한성은 비교적 상세하게 은하표국의 참사에 대해 설명을 해주었다.

다만 한조산에 대해서는 우연히 그곳을 지나던 은거고수로 설명했다.

그 은거고수가 하유걸 가족들을 구해 탈출시켰다고 설명했다. 그리고 자신은 그의 제자가 되어 지금까지 무공을 수련하다가 하수린을 찾으러 출관했다고 했다.

이한성의 설명을 들으면서 천호연은 몇 번이나 탄식을 터뜨렸다.

자신의 짐작대로 하유걸 가족이 마귀 같은 놈들 손아귀에서 일단은 무사히 탈출했다는 사실에 대해서는 가슴을 쓸어내렸지만 그들이 끝까지 탈출에 성공했는지는 알 수 없었고, 또 지금 현재 그들의 행적에 대해서 전혀 알지 못한다는 것은 가슴을 한없이 무겁게 했다.

"걱정 마십시오. 조만간 찾아낼 것입니다."

이한성은 조금도 흔들리지 않는 음성으로 말했다.

"자네라면 당연히 그렇게 하겠지. 그런데 만약 그들이 그간 동창 놈들에게 잡혔다면?"

천호연은 그것이 제일 걱정이었다.

만약 안전하게 숨어 있다면 어떻게 해서라도 자신에게 소식 한가닥은 전했을 것인데 오 년이 다 되어가는 지금까지 아무런 연락이 없다는 것은 그를 불안하게 했다.

"동창 놈들의 주의는 모두 사부님께로 돌리게 해놓아 그들에게는 추적의 손길이 느슨해졌거나 뻗치지 않았을 수도 있습니다."

단심맹과 오룡회의 싸움은 벌써 끝이 났지만 은하표국을 습격한 그들이 단심맹의 개들이라는 것을 알 리 없는 이한성과 천호연이었기에 그들의 추적을 아직 걱정하고 있었다.

"그래. 하유걸 그 사람… 절대로 경거망동하지 않고 철저한 사람이니 자네가 나타나기를 기다리며 무사히 지내고 있을 것이야. 한데 그들을 어떻게 찾을 생각인가?"

그것 역시 천호연의 걱정이었다.

"그건 제게 생각이 있습니다. 사람을 찾는 일에는 전문가인 사제들도 있고……"

"그런가? 그렇다면 다행이네. 자네는 허튼 소리를 하지 않는 사람이니 믿겠네."

천호연은 긴 한숨과 함께 고개를 끄덕였다.

"그런데 의원님의 연구는……?"

이번에는 이한성이 가장 궁금한 것을 물었다.

그것 때문에 천호연을 찾아 불원천리 이곳까지 달려온 것이다.

만약 천호연이 은하표국의 참사에 하유걸 가족이 죽었다고 생각하며 연구를 멈추어 버렸다면 모든 것이 수포로 돌아가고 만다.

"최선을 다했고 성과도 있었네. 남은 것은 하늘에 달렸다네."

천호연은 묵묵히 고개를 끄덕였다.

대수롭지 않은 듯 답했지만 초췌한 그의 얼굴에서 그간 얼마나 심혈을 기울였는지 짐작이 갔다. 또한 확고한 그의 눈빛에서 연구가 성공적이었음을 느낄 수 있었다.

"수고 많으셨습니다."

이한성이 깊숙이 고개를 숙였다.

"아무리 그래도 자네만 했겠나."

천호연이 이한성의 얼굴을 쳐다보며 흐릿하게 웃었다.

이한성의 얼굴에 짙게 깔린 저 강철 같은 기운은 얼마나 많은 담금질을 통해야만 가능한지 천호연은 짐작조차 가지 않았다.

아마도 죽음보다 더한 고통을 매순간 마주하고, 자신의 한계를 밥 먹듯이 뛰어넘어야 가능할 것이다.

보통 사람이라면 수십 번을 죽었다 깨어나도 불가능한 일이리라.

그걸 생각하니 그동안 자신은 너무 안일하게 연구했다는 자책감이 가슴을 짓눌렀다.

"그럼 이제 진맥을 해보세."

긴 한숨을 내쉰 천호연은 자세를 고쳐 잡고 손을 내밀었다.

현재 이한성의 상태를 알아야 대법을 어떤 식으로 펼칠지 판단할 수가 있는 것이다. 물론 그럴 리 없겠지만 이한성의 단전에 엉킨 기운이 예전 그대로 남아 있다면 지극히 어려운 대법이 될 것이고 성공의 확률도 낮다. 반면 그 기운들이 반이라도 혈맥으로 녹아들었다면 그간 피나는 자신의 노력은 충분히 보상을 받을 것이다.

하지만 그건 바라지 않았다.

평범한 인간이라면 일 갑자는 수련을 해야 그런 기운을 단전에 뭉칠 정도였다. 하니 그걸 녹이는 데도 그만한 시간이 필요할 것이다.

이 청년은 절대로 평범한 인간이 아니니 두 배로 쳐 준다면 삼십 년은 수련을 해야 혈맥으로 녹아들 기운이었다.

그런 생각들과 함께 이한성의 맥문을 잡은 천호연은 자세를 고쳐 잡고 진맥을 하기 시작했다.

이한성 역시 바른 자세로 앉아 호흡을 골랐다.

근 일각 동안 천호연은 이한성의 혈을 짚고 진맥에 빠져들었다.

그동안 천호연의 표정이 시시각각으로 변했다.

손끝으로 느껴지는 이한성의 맥은 자신으로서는 도저히 어림이 안 될 정도로 대하 같은 흐름을 이어가고 있었다. 또한 어떤 영약을 복용한 고수들보다 더 강하고 도도했다.

이런 정도라면 절대고수에 비해 조금도 손색이 없었다.

절정고수가 되어 돌아왔다는 짐작은 했지만 이건 상상을 초월했다.

어느 순간 천호연의 손이 미세하게 떨렸다.

'이게… 가능한 일인가?'

천호연은 연신 당혹감을 감추지 못하고 혼란에 빠져들었다.

이한성의 단전에 굳게 엉켜 있던 기운이 거의 느껴지지 않았다.

흡사 만년한철처럼 굳게 엉킨 그런 기운이라면 평생을 노력해도 다 녹여내지 못할 것이라 생각했다.

반만 녹아 있어도 천운이고 대법이 성공할 확률은 칠 할 이상이었다.

그런데!

그 만년한철 같은 기운이 거의 다 녹아 있었다.

오 년도 채 안 되는 기간 안에 어떻게 그것이 가능하단 말인가?

'대체 누구를 사사했기에……?'

그건 중요한 것이 아니다.

이런 정도라면 충분히 성공할 자신이 있었다.

"됐네. 됐어! 자네라면 해낼 줄 알았어. 내 믿음이 헛되지 않았어. 와하하하!"

이한성의 맥문을 놓은 천호연은 뛸 듯이 기뻐하며 대소를 터뜨렸다.

저녁이 되자 진성무관주 강이환이 이한성 일행을 저녁식사에 초대했다.

봉변을 당할 뻔 한 딸을 구해주고 장현방의 마수에서 가문을 지켜준데 따른 고마움을 표시하기 위해서였다.

식사자리에는 진성무관의 가족들이 모두 모여 있었다.

정방형의 큰 식탁 앞쪽에 관주 강이환을 비롯해 부인인 곽여정(郭麗貞)이 앉았고 그들의 아들 셋과 강아연이 그 옆에 앉았다.

그리고 오른쪽 측면에는 강이환의 첫째 동생 강정환(姜正環)과 그 가족들이 앉아 있었고 왼쪽 측면에는 둘째 동생 강민환(姜旻環)과 그 가족들이 앉아 있었다.

이한성 일행과 천호연의 자리는 강이환 가족들 맞은편에 마련되어 있었다.

잠시 긴장된 분위기가 실내에 흘렀다.

아직 스물도 안 되어 보였지만 앞에 앉은 청년은 평생을 가도 몇 번 마주칠 수 없는 절정고수였다.

강호인들 특유의 그 위계질서의식에 아무도 함부로 입을 열지 못하고 있었다.

"이 소협이라 그랬나? 정말 고맙네. 은혜는 평생 잊지 않겠네."

잠시 후 강이환이 진심 어린 사의를 표했다.

이한성은 가볍게 고개를 숙이며 답례를 했다.

무척이나 오만한 행동일 수도 있었지만 그것이 너무 잘 어울려 아무도 전혀 그런 느낌을 받지 못했다.

"이 소협이 아니었으면 오늘 우리 연아가, 그리고 우리 가문이 어떻게 되었을지 생각하면 아찔하다네. 정말 평생을 두고 갚지 못할 은혜를 입었네."

강정환도 안도의 한숨을 쉬며 사의를 표했다.

"그렇지요, 형님! 그동안 우리가 너무 안일했습니다. 놈들이 설마 이렇게 노골적으로 나올지 몰랐습니다. 지금부터라도 경계를 철저히 하며 놈들의 움직임을 사전에 파악해야 합니다."

강이환의 둘째 동생 강민환도 분기 가득한 목소리를 높였다.

"당연히 그렇게 해야죠. 하지만 그건 차후 우리가 할 일이고… 지금은 저녁자리니 식사부터 하도록 해요. 귀하신 손님들을 앉혀놓고 우리 얘기만 하는 것은 예의가 아니에요."

강이환의 부인 곽여정이 사려깊은 표정과 함께 말했다.

"그렇군. 이 자리는 우리가 이 소협에게 식사를 대접하는 자리이지."

강이환이 고개를 끄덕이며 말을 이었다.

"약소하지만 많이 드시게, 이 소협. 그리고 두 사형제 분도……."

"감사합니다."

"잘 먹겠습니다."

사진용과 사진혜도 답례를 하며 고개를 숙였다.

"이 친구들만 잘 먹고 난 못 먹어도 되는가? 내가 이곳에 없었다면 이 가문에 어떻게 오늘 같은 천행이 있었겠나."

천호연이 딱딱한 분위기를 누그러뜨리기 위해 의도적으로 농담을 던졌다.

"하하하! 맞습니다, 형님! 다 형님 덕분이지요. 그러니 형님도 많이 드십시오. 하하하!"

강이환이 대소를 터뜨렸고 다른 가족들도 따라 웃으며 긴장된 분위기가 일시에 걷혀졌다.

"그런데 이 소협과 이 소협 사제들 사문은 어찌 되는가? 호연 형님도 알지 못하니 궁금하기 짝이 없네."

강민환이 좀이 쑤셔 더 이상 참지 못하겠다는 듯 질문을 던졌다.

　신진고수와 마주한 강호인들 사이에 그런 질문이 안 나오면 그건 오히려 이상했다.

　"저희는 딱히 내세울 사문이 없고… 깊은 산속 작은 모옥에서 생활하며 사부님으로부터 무공을 전수받았어요. 사부님 함자는 조한산이라고 하는데 오래전에 은거한 분이시라 잘 모르실 거예요."

　사진혜가 얼른 나서며 답했다.

　거짓말을 할 줄 모르는 이한성을 대신한 그녀는 한조산의 이름을 조한산이라 바꾸고 사문 없이 산속에서 무공을 익혔다는 말로 더 이상 질문할 요지를 잘라 버렸다.

　"그렇… 구만."

　강민환이 아쉬운 입맛을 다셨다.

　저만한 신진고수라면 배경이 엄청날 테고 그래야만 재미가 있는데 기대와는 정반대였다.

　"그럼 사부님 별호는 어찌되는가?"

　이번에는 강정환이 질문했다.

　"청산거사(靑山居士)라고 해요."

　사진혜가 다시 두터운 장막을 쳤다.

　강호에 청산거사라는 별호는 아마 수백 개도 넘을 것이다.

　이름으로 따지자면 왕일이나 왕이, 장삼에 해당하는 별호였다.

"청산거사라면 어떤 청산거사인지……?"

강정환도 입맛을 다셨다.

어떤 청산거사인지 밤새 설명을 해 준다 해도 도저히 가늠이 불가능할 것이다.

그만큼 청산거사는 많았다.

인근에만 해도 청산거사라는 별호를 쓰는 사람이 두 명이나 있었다.

그중 한 명은 강호인이 아니라 거리의 복술가, 즉 돌팔이 점쟁이였다.

사진혜의 대답을 들으며 이한성은 쓴웃음을 삼켰다.

그녀로 인해 자신의 사부는 청해마검 한조산이 아니라 청산거사 조한산이 되어버렸다.

사부가 알면 어떤 표정을 지을까?

그런 것에 연연해하는 사람은 아니었지만 족보마저 바뀌었으니 기분이 썩 좋지는 않을 것이다.

'여우같은 계집애.'

사진용도 터져 나오는 웃음을 억지로 삼키려 음식을 입으로 쑤셔넣었다.

어쨌든 사진혜로 인해 더 이상 귀찮은 질문은 안 받아도 되었다.

"그래, 이곳에는 얼마나 머물 생각인가? 호연 형님이 그동안 오매불망 기다리던 사람이 자네인 것 같으니 한동안은 머물러야겠지?"

　강이환이 기대감이 이는 눈빛으로 이한성과 사진용, 사진혜를 쳐다보았다.

　비록 장현방 외당당주 옥기화가 병신이 되어 실려 갔다고는 하지만 그것으로 장현방이 벌벌 떨며 꼬리를 내리지는 않을 것이다. 당장은 사태파악을 하느라, 그리고 절정고수의 존재에 경거망동을 못하겠지만 이한성 일행이 떠나고 나면 오늘 같은 일을 다시 벌일지도 몰랐다.

　"지금으로서는 뭐라 말씀드릴 수가 없군요. 내일 이것저것 알아보고 앞일을 결정해야 할 입장입니다."

　이한성의 대답 역시 사진혜의 그것만큼 막연했다.

　"어쨌든 오래 있기를 빌겠네. 그리고 있는 동안에는 내집처럼 편하게 지내게."

　강이환이 간절한 음성으로 말했다.

　마음 같아서는 한 삼년 같이 있었으면 좋겠지만 저 나이에 저만한 무공을 익힌 사람이라면 그만한 할 일이 있을 것이다.

　"그렇게 하겠습니다."

　이한성이 고개를 끄덕였다.

　정성껏 마련한 저녁을 먹고 술까지 몇 잔 마신 후 이한성 사형제들은 자신들의 거처에 마주 앉았다.

　그들의 거처로 마련된 곳은 천호연이 머무는 후원 건물 맞은편 이었다.

두 건물 가운데로 작은 연못이 있고 주변으로 정원이 잘 가꾸어져 있어 특급 손님들을 맞는 곳이란 생각이 절로 들었다.

시비 하나가 차를 가져왔고 세 명은 다탁을 마주하며 찻잔을 기울였다.

"대체 오라버니는 정체가 뭐예요?"

주기가 올라 볼이 발갛게 된 사진혜가 이한성을 빤히 쳐다보며 질문을 던졌다.

그동안은 그냥 한조산이 데려온 소년이고 한조산의 행보가 이한성의 행보가 될 것이라 생각했다.

그런데 한조산과는 상관없이 출관하자마자 혼자 강호로 나왔다. 그리고 나오자마자 한순간도 미루지 않고 산동제일의의 행적을 찾았다. 또 그의 행적을 찾자마자 한시도 쉬지 않고 이곳까지 달려 왔다.

그건 결코 한조산의 뜻에 따라 움직이는 행보가 아니었다.

그랬다면 이렇게 급박하게 움직이지도 않았을 것이다.

그간 이한성의 행보에서는 급박함을 뛰어넘는 무언가가 있었다.

그것은 어떤 간절함이었다.

그랬다.

무언가 간절히 찾는 것이 있어 그렇게 숨막히게 움직인 것이다.

그런 간절한 바람으로 천하명의를 찾는 것을 보며 불치병이 있는 것이 아닌가 하는 의심도 들었지만 그런 것 같지도 않았다. 그랬다면 이런 고수가 될 수도 없을 것이다.

"대체 정체가 뭐예요? 갈수록 궁금해요."

사직혜가 다시 물었다.

"청산거사 조한산의 첫째 제자."

이한성이 진지하게 답했다.

"깔깔깔!"

잠시 이한성을 쳐다보던 사진혜가 갑자기 배를 잡고 웃었다.

"설마 농담이라고 한 건 아니죠?"

눈꼬리에 눈물을 매단 사진혜가 이한성을 쳐다보았다.

"진담도 아니지."

이한성이 여전히 진지한 음성으로 답했다.

"세상에 그렇게 진지한 표정으로 농담하는 사람도 있을 수 있네요. 깔깔깔!"

사진혜가 다시 배를 잡았다.

이한성이 한 대답은 마치 팔십 먹은 노인이 까꿍! 하고 장난치는 것보다 더 썰렁했다.

그런 노인은 치매라도 걸렸나 보다 하겠지만 이한성의 농담은 정말 어색했다.

"사형! 사형은 농담 같은 거 근처에도 가지 마십시오. 피부가 나무껍질처럼 두꺼운 저도 닭살이 다 돋는 기분입니다."

사진용도 고개를 흔들며 맞장구를 쳤다.

"참고하지."

이한성이 가볍게 입맛을 다셨다.

천호연에게 진맥을 받고 이 정도면 충분히 자신있다고 한 말에 그동안의 고생을 다 보상받는 기분이었다.

그 사실이 가슴에 올린 두 개의 바위 중 한 개를 내린 격으로 마음을 가볍게 했다.

이제 남은 바위 하나는 하수린을 찾는 것이다.

그녀를 만날 생각을 하니 마음이 들떴다. 그래서 어울리지 않는 농담도 나온 모양이었다.

"푸후후! 정말 못 말려요."

사진혜가 절레절레 고개를 저었다.

"그런데 정말 오라버니는 정체가 뭐예요? 처음에는 사부님께서 필요해서 키운 제자라 생각했는데… 지금 와 생각하니 그 반대란 생각이 들어요."

사진혜는 눈을 가늘게 뜨고 이한성을 쳐다보았다.

이한성은 사진혜의 예민한 감각에 살수의 딸이라서 그런가? 하며 속으로 감탄하는 기분이 되었다.

평소에는 철딱서니 없는 천방지축 같았지만 이따금씩 정곡을 찌르는 질문은 살수무공만큼 날카로웠다.

"그러고 보니 저도 그런 궁금증이 이는군요. 대체 사형의 정체가 뭡니까? 멸망한 마교의 후예나… 뭐 그런 건 아니죠?"

사진용이 으스스한 표정을 지었다.

살막이나 마교나 그게 그거 같은데 그는 아니라고 생각하는 모양이었다.

"찾을 사람이 있어. 사부님을 만나기 전에 만난 사람이야."

이한성은 최소한의 대답만을 해주었다.

"찾는 사람이 천 의원님이 아니란 말인가요?"

사진혜가 눈을 더 가늘게 떴다.

"천 의원님도 그중 한 사람이지. 같이 있었으면 했는데 아니군."

이한성은 낮게 한숨을 내쉬었다.

하유걸이 천호연을 찾아 은밀하게 연락이 닿고 있었다면 정말 좋았을 텐데 그게 아니니 안타까운 마음을 금할 길이 없었다.

하지만 그렇다고 달라질 것은 없다.

시간만 조금 더 걸릴 뿐!

"그 사람… 여잔가요?"

사진혜가 다시 정곡을 찔러왔다.

그런 면에 있어서 여자들은 감각기관이 하나 더 있다고 하더니 정말 그런 모양이었다.

"왜 그렇게 생각하는거야?"

이한성이 되물었다.

"그냥… 그런 것 같아서요."

사진혜의 목소리에 힘이 다 빠져나갔다.

"글쎄… 지금은 여자가 되었을지 모르겠지만 헤어질 땐 여자가 아니라 친구였지. 나에게 모든 것을 의지하던…….

친구라는 말에 사진혜의 눈이 반짝 빛을 발했다.

그녀가 누군지 모르겠지만 근 오 년간 이한성은 음풍장을 떠난 적이 없으니 그 이전에 만났다면 여자가 아니었다는 말이 맞을 수도 있었다.

하지만…….

자신이 이한성을 처음 만났을 때도 여자가 아니었던가?

그건 아닌 것 같았다.

어려도 여자는 여자였다.

사진혜의 표정이 다시 어두워졌다.

*　　　*　　　*

콰앙!

자단목으로 된 탁자가 박살이 나며 탁자 위에 있던 물건들이 사방으로 튀어올랐다.

후두둑!

튀어오른 물건들이 바닥으로 떨어지며 바닥을 어지럽혔지

만 도열해 있는 누구 하나 그것을 정리할 생각을 하지 못하고 굳어만 있었다.

한주먹에 견고한 자단목 탁자를 박살 낸 사람은 장현방주 마종각(馬宗刻)이었다.

오십대 초반인 그는 칠 척 거한에 온 얼굴이 구레나룻으로 뒤덮여 한 눈에 보아도 역발산의 기개를 하고 있었다.

그의 앞에는 한 사내가 엎드려 있었고 그 양쪽에는 여러 명의 중년인들이 굳은 표정으로 엎드려 있는 사내에게 눈길을 주고 있었다.

그들은 장현방의 수뇌부라 할 수 있는 군사, 총관, 내당당주, 철목당주, 적검당주와 몇 명의 장로였다.

외당당주 냉면나찰 옥기화가 전신 뼈마디가 부러진 채 대라신선이 오더라도 반병신을 면할 수 없는 지경으로 실려 오자 비상회의가 소집되어 이렇게 모인 것이다.

"그래서?"

마종각이 앞에 엎드린 사내에게 질문을 던졌다.

마종각의 체구에 비해 반밖에 안 되어 보이는 그는 옥기화와 함께 나갔던 외당 소속 조장 지동만이었다.

그는 그 옥기화가 당하는 장면을 직접 목격했다는 이유로 방주 앞에까지 불려온 것이다.

"무슨……?"

마종각이 한 질문을 이해하지 못한 지동만이 눈동자를 이리저리 굴렸다.

퍽!

마종각이 박살 난 자단목 탁자 조각을 걷어찼다.

돌처럼 단단한 자단목 조각이 허공을 날아 지동만의 어깨를 강타했다.

“크으윽!”

지동만이 뒤로 벌렁 넘어지며 비명을 질렀다.

발끝만 움직여 슬쩍 걷어찬 것 같았는데 그것에 어깨를 가격당한 지동만은 엎드린 자세에서 발딱 뒤집히며 바닥을 뒹굴었다.

필사적으로 신형을 움직여 다시 바닥에 엎드린 지동만의 어깨가 움푹 꺼져 있었다.

아마도 탈골된 채 뼈가 으스러져 다시는 검을 쥐지 못하는 병신이 될 것 같았다.

그렇다고 계속 드러누워 있다간 머리가 박살 날 것이기에 지동만은 온몸이 덜덜 떨리는 고통에도 불구하고 죽을 힘을 다해 원래의 자세를 잡은 것이다.

“그래서, 그놈을 두고 여기까지 도망 온 것이란 말이냐?”

마종각이 질문을 마저 했다.

“그, 그건… 우리로서는 도저히…….”

지동만이 덜덜 떨리는 목소리로 답했다.

“그렇다면 그곳에서 같이 죽어야지, 이 병신 같은 놈아!”

마종각이 고함을 지르며 잡아죽일 듯이 지동만을 노려보았다.

"죽여주십시오."

지동만이 바닥에 고개를 처박았다.

"그래 죽여주마. 너 같은 놈들은 한 그릇 밥도 아깝다."

마종각이 손을 들어 올렸다.

그의 손에 하얀 기류가 어렸다.

그렇게 장력을 발출하면 지동만의 머리는 박살이 날 순간이었다.

"고정하십시오, 방주님!"

마종각이 막 장력을 발출하려는 순간 총관 구일준(具一竣)이 나섰다.

유생건을 머리에 두른 그는 냉정한 인상에 날카로운 눈매를 하고 있었다.

아무도 나서지 못하는 험악한 분위기에 홀로 나설 수 있는 것으로 보아 뱃심도 두둑해 보였다.

"외당주를 그 정도로 만든 자라면 조장들쯤은 가까이 접근하는 것도 불가능했을 겁니다. 그야말로 불가항력이었겠지요."

구일준의 말에 마종각은 더 이상 지동만을 윽박지르지 못하고 분기탱천한 눈만 부릅떴다 감았다를 반복했다.

"그놈이 누구인지는 알아냈소?"

화를 조금 삭인 마종각이 구일준을 향해 물었다.

왠지 그는 구일준을 조금 어려워 하는 것 같았다.

"진성무관에 심어놓은 놈 말에 따르면 청산거사 조한산의 제자라고 하는데… 정확한 정체는 알 수 없습니다."

"청산거사라면 인근 저잣거리에서 점쟁이 짓을 하는……?"

누군가 말을 거들다 얼른 입을 다물었다.

그 돌팔이의 제자가 외당주 옥기화를 병신으로 만들 리가 없기 때문이었다.

"조한산이란 이름은?"

"그것 역시 처음 듣는 이름입니다."

구일준이 고개를 저었다.

그런 정도의 제자를 키워냈다면 이름 두 자 정도는 알 만한데 전혀 낯설었다.

"휘두르는 검을 맨손으로 잡고 꺾어버렸다고? 그리고 일검에 연못만 한 구덩이를 만들었다고?"

마종각이 눈살을 찌푸리며 다시 물었다.

몇 번을 거듭해서 들었지만 믿어지지 않았다.

병신 같은 부하 놈들이 자신들의 패배를 정당화시키기 위한 거짓말 같았다.

"부하들 외 구경꾼들을 통해서도 확인해 보았지만 사실이었습니다."

구일준이 조심스런 어조로 말했다.

지동만의 말은 한 치의 과장도 없는 사실이었고 구덩이는 직접 가서 확인도 했다.

그렇다면 그 청년은 절정고수란 말이다.

만약 그 청년이 분노해서 이곳으로 쳐들어온다면 장현방은 존폐의 위기에 놓일 것이다.

"대체 놈은 진성무관과 어떤 사이란 말이오? 설마 진성무관 놈들이 빈객으로 초빙한 놈은 아니오?"

마종각이 한결 낮아진 음성으로 질문을 던졌다.

부하들 앞에서는 기죽지 않기 위해 불처럼 화를 내며 날뛰었지만 내심 모골이 송연한 기분이 들 수밖에 없었다.

맨손으로 검을 잡아 부러뜨리고 검기로 연못만 한 구덩이를 파는 정도라면 자신 같은 사람 열 명이 달려들어도 당해내지 못할 고수였다.

그런 자가 진성무관의 빈객으로 와 있으면 지금까지 세웠던 계획은 모두 수포로 돌아간다.

"그럴 가능성은 충분히 있습니다. 무관이란 언제나 새로운 사람을 받아들이는 곳이니까요."

내당당주 황엽(黃曄)이 나서며 어두운 표정으로 답했다.

"비겁한 놈! 자신의 힘으로 안 되니 고수를 끌어들인단 말이지?"

마종각이 분기를 삭이지 못하며 반쪽 난 탁자를 발로 밟아

다시 조각을 내었다.

"그렇다면 우리도 그에 버금가는 고수를 초빙해서 맞서야 하지 않겠소?"

철목당주 오장두(吳裝斗)가 방주 마종각의 눈치를 보며 자신의 의견을 밝혔다.

이곳 장현방에서는 그놈을 상대할 사람이 없다.

방주라 해도 외당당주 옥기화를 그렇게 반항 한 번 못하게 한 채 병신으로 만들기는 불가능했다. 그렇다면 진성무관과 마찬가지로 남의 칼을 빌리는 수밖에 없었다.

"인근에 그런 고수가 있기나 하단 말이오?"

한참 뜸을 들이던 마종각이 마침내 대꾸를 했다.

그 역시 빠른 시일 내에 진성무관을 무너뜨리기 위해서는 그 방법이 제일이라 생각한 모양이었다.

"마침 생각나는 사람이 있긴 합니다."

구일준인 눈을 반짝이며 답했다.

기다렸다는 듯이 답하는 모습으로 보아 자신이 있는 것 같았다.

"그게 누구요?"

장로 한 사람이 득달같이 말을 받았다.

"생사혈검(生死血劍) 오필만(吳必灣)입니다.

"생사혈검?"

구일준의 대답을 들은 마종각이 눈을 크게 떴다.

생사혈검 오필만이라면 호남성에서 명승이 높은 검객이었다.

사문이 어딘지, 누구에게 검을 배웠는지는 알려지지 않았지만 그는 검 한 자루를 허리에 차고 온 세상을 주유하며 비무행을 했다.

그의 검은 비무를 통해 다져진 실전검이었다.

생사를 건 처절한 실전에 의해서 발전한 그의 검은 언제나 자욱한 피보라를 일으켜 생사혈검이라는 별호가 붙었다.

최근 그는 하나뿐인 여동생이 중병에 걸렸다는 소식을 듣고 여동생이 살고 있는 하남성에 와 있었는데 그 정보를 구일준이 입수한 것이다.

여동생의 병이 위중하다면 돈이 필요할 것이고 돈으로 초빙할 수도 있었다.

"그는 호남성에서 활동하는 절정고수가 아니오?"

내당당주 황엽이 어리둥절한 표정과 함께 물었다.

"마침 이곳 인근에 와 있는 것으로 압니다. 그리고 지금 돈이 필요한 상태에 놓인 것으로도 보입니다."

구일준이 침착하게 답했다.

"그가 우리 초빙에 응할 것 같소?"

마종각이 신중하게 물었다.

생살혈검이라면 믿을 수 있겠지만 그런 고수가 장현방에 빈객으로 올지 그것이 의문이었다.

“제 짐작대로 급전이 필요한 사정이라면 응할 것입니다. 대신…….”

“대신?”

“그런 고수를 초빙하자면 큰 금액이 필요합니다.”

구일준이 현실적인 문제를 일깨웠다.

그런 절정고수를 빈객으로 불러오려면 몇 만 냥은 주어야 할 것이다.

그 돈이면 당(堂) 하나를 더 만들 수도 있었다.

“그만한 돈을 마련하려면 기둥뿌리 몇 개를 뽑아야 할텐 테?”

마종각이 심각한 표정으로 말했다.

생긴 것과는 다르게 신중한 그는 오필만이 오더라도 완벽히 성공한다는 보장이 없다. 그렇게 돈도 잃고 일도 실패하면 장현방은 하루아침에 몰락하고 말 것이다.

구일준의 제안은 그야말로 죽기 아니면 살기의 시도였다.

“같은 산에 두 마리 호랑이가 살 수 없듯이 진성무관을 무너뜨리지 못하면 장현방이 무너질 수밖에 없습니다.”

구일준이 자신의 생각을 관철시키고자 했다.

출혈이 크더라도 일단 진성무관을 무너뜨린 후 그곳에서 보상을 받아야 할 것이다.

“알겠소. 그렇게 하시오.”

침묵하던 장현방주 마종각이 허락을 내렸다.

“잘 알겠습니다. 최대한 빨리 불러오겠습니다.”

구일준이 고개를 숙이자 다른 사람들도 일제히 고개를 숙였다.

“대체 어떤 놈일까?”

자신의 처소로 돌아온 장현방 총사 구일준은 날카로운 눈으로 허공을 응시하며 중얼거렸다.

최근 이곳에는 그런 고수의 출현이 없었다. 또한 진성무관에서 그런 고수를 초빙하려 한다는 첩보 역시 받지 못했다.

그런데 하늘에서 뚝 떨어지기라도 한 듯 나타난 것이다.

“돌발변수로군.”

구일준은 인상을 찌푸렸다.

계획대로라면 오늘 내로, 늦어도 내일까지는 진성무관을 몰아내고 이곳 허창을 장악해야 했다.

그래서 장현방을 통해 은밀하게 교두보를 마련해야 했는데 느닷없이 나타난 절정고수에 의해 계획이 틀어져 버렸다.

전혀 예상치 못한 변수였다.

하지만 조직에서는 그런 것을 용인해 주지 않는다.

최대한 빨리 다른 방책을 세워 계획을 실현해야 했다.

지금으로서는 생사혈검 오필만이 최선의 대책이었다.

다행히 방주 마종각도 동의했으니 파죽지세로 밀고 나가면 된다.

"우선 신속한 보고부터 해야지."

얼른 신형을 돌린 구일준은 이쑤시개만큼 가는 붓을 꺼내
작은 쪽지에 무언가를 쓰기 시작했다.

깨알 같은 글씨는 이상한 기호와 숫자가 대부분이고 이따
금씩 글자가 섞여 정상적인 글이 아니라 무슨 암호문으로 보
였다.

암호문을 다 작성한 구일준은 그것을 작은 대롱에 넣고 방
구석에 있는 서재쪽으로 걸음을 옮겼다.

삐이익—

조심스럽게 서재를 밀자 저재 한 칸이 뒤로 밀려 나며 비밀
공간이 드러났다.

푸드득!

공간에서 비둘기 한 마리가 나타났다.

보통 비둘기보다 몸이 더 날렵하게 생긴 전서구였다.

대롱을 비둘기의 다리에 매단 구일준은 은밀히 비둘기를
날려보냈다.

*　　*　　*

진성무관에서 하루를 보내고 아침 식사를 마친 이한성은
며칠간 다녀올 데가 있다며 밖으로 나갈 채비를 했다.

그 말을 들은 진성무관 사람들의 얼굴에는 먹구름 같은 기

운이 번져 나갔다.

이한성이 이렇게 훌쩍 떠나 버리면 장현방 놈들이 가만있지 않을 것이다.

다행히 하루나 이틀 사이에 돌아오면 모르겠지만 외출 기간이 길어지면 놈들은 온갖 방법으로 술수를 부릴 것이다.

"꼭 이렇게 급히 서둘러야 하나? 단 며칠만이라도……."

천호연이 말끝을 흐렸다.

전성무관 사람들의 심정을 생각하면 단 하루라도 더 붙들어놓고 싶지만 하수린에게 시간이 얼마 없다는 것을 잘 알기에 그럴 수도 없었다.

"되도록 일찍 돌아오도록 하겠습니다. 그리고 제 사제들은 여기에 머무를 테니 너무 걱정할 것 없습니다. 이들 둘이면 장현방주쯤은 소리없이 명부로 떠나보낼 수 있으니까요."

이한성은 천호연을 안심시켰다.

사진혜와 사진용 두 사람이라면 장현방 놈들쯤은 수십 명이 한꺼번에 달려들어도 털끝 하나 건드리지 못할 것이다.

그들은 살막주 사철해로부터 직접 무공을 지도받았다.

그로 인해 고수의 반열에 든 후에 이한성과의 경쟁을 통해 한 단계 더 발전했다.

이한성과의 비무에서 처음 이 년간은 이한성이 상대가 되지 않았다.

그러다 삼 년째부터는 그 격차가 급격히 줄어들더니 사 년이 되던 올해 초부터는 그들이 이한성의 일초지적이 되지 못했다.

그후 자존심이 극도로 상한 사진용과 사진혜는 이를 악물고 수련을 했고 이젠 일류고수의 반열에 올랐다.

무공도 그런 수준이지만 이들은 살수 무공인 암기와 독 등도 귀신같이 다루었다.

그것들로 상대한다면 장현방을 반은 몰살시켜 버릴 수도 있었다.

"싫어요. 따라갈래요."

동행할 준비를 하던 사진혜가 날벼락을 맞은 듯 고함을 질렀다.

사진용도 비슷한 심정인 듯 입맛을 다시고 있었다.

"이번 일은 혼자 해야 할 일이야. 그러니 며칠만 기다려."

이한성이 조용히 타이르자 사진혜가 더 이상 토를 달지 못했다.

이렇게 조용히 얘기를 한 후엔 하늘이 무너져도 달라지지 않는다는 것을 익히 알고 있기 때문이었다.

"그럼 최대한 일찍 돌아오세요. 안 그럼 무조건 찾으러 가겠어요."

사진혜가 협박을 하듯 말했다.

"알았어. 혹 변동사항이 생기면 바로 연락하지."

고개를 끄덕인 이한성은 마중 나온 사람들에게 작별인사

를 하고 진성무관을 벗어났다.

"단 며칠이라도 더 있었으며 좋았으련만……."

이한성이 떠난 후 진성무관주 강이환은 안타까운 음성을 토했다.

"그러게 말입니다. 가만히 있을 때는 태산 같더니 이럴 때는 마치 바람 같은 기운을 풍기는 청년이군요."

동생 강정환도 안타까움 가득한 음성으로 말했다.

인사를 마치고 한순간의 망설임도 없이 떠나는 이한성을 보며 정말 바람 같다는 인상을 받았다.

"그게 강한 사람들의 특징이 아닌가요. 마음이 결정되면 한 치의 망설임이나 흔들림 없이 움직이는 사람들… 그런 사람들이 고수들이죠."

강이환의 부인 곽여정이 차분한 미소와 함께 끼어들었다.

"그렇습니다, 형수님. 그리고 보면 어디 떠날 땐 두 번이고 세 번이고 형수님을 돌아보는 형님은 평생 고수 반열에 못 오를 것 같습니다."

막내 동생 강민환이 슬쩍 농을 던졌다.

"그건 막내 서방님도 마찬가지죠. 동서 돌아보느라 목이 비틀어졌잖아요."

곽여정이 맞받아쳤다.

"쩝! 되로 주고 말로 받는군요. 이제부터 어디 떠날 때는 절대로 돌아보지 말고 가야 할 것 같습니다. 그러다 보면 성취가 일취월장 할지도 모르지요."

"그래서 고수 될 것 같으면 세상에 고수 아닌 사람이 없겠네. 그보다 놈들이 어떻게 나올지 걱정이군."

강이환의 얼굴에 한줄기 긴장감이 번져 나갔다.

남아 있는 두 사람도 이한성과 사형제들이니 버금가는 무공을 소유하고 있겠지만 왠지 이한성만큼은 아닌 것 같다는 생각이 들었다.

기도를 감추고 있어도 자연스럽게 풍기는 분위기는 무의식중에도 읽을 수 있었다.

"이제 전문가를 고용해서라도 놈들의 움직임을 최대한 상세히 알고 있어야 할 것 같습니다. 그리고 인근 정도문파와 긴밀한 연락을 취하는 것이 좋을 것 같습니다."

강정환이 조심스럽게 말했다.

"그렇게 하세."

강이환이 무겁게 고개를 끄덕였다.

정주제일가(鄭州第一家)
第三十五章

　정주(鄭州)는 하남성의 성도(省都)로 중국 최초의 왕조인 은나라의 도읍이 있던 곳이다.

　지형적으로는 북쪽으로 황하(黃河)와 인접해 있고 서쪽으로는 오악의 하나인 숭산이 자리 잡고 있는 유구한 역사를 가진 고도이다.

　정주를 중심으로 동쪽으로는 개봉(開封)이, 서쪽으로는 낙양(洛陽)이 자리하고 있어 서로 연계하며 더욱 발전하였다.

　또 황하(黃河) 와 회하(淮河)의 양대 수계에 속해 있으며 중원 한가운데 자리 잡고 있는 지리적 이점 때문에 교통의 중추

도시라고 할 수 있다.

예로부터 정주 지역의 지리적 위치의 중요성에 대하여 '중추에 우뚝 솟아 천하의 험준한 요새를 통제한다[雄峙中樞, 控御險要]'라거나 '중원을 얻는 자가 천하를 얻는다[得中原者得天下]' 등의 표현을 사용할 정도였기에 그곳에는 자연 무림세가들이 번성하였다.

정주를 주름잡고 있는 대표적인 무림세가들은 유씨세가(柳氏世家), 천가보(千家堡), 진호방(津湖幫), 청운도장(靑雲道場), 유성도문(流星刀門)등 다섯 개였고 그 외에도 군소 무림문파가 여러 개 산재해 있었다.

이중에서 천가보와 진호방은 흑도쪽에 더 가까운 문파였고 다른 세 곳은 정도문파였다.

정도문파 중 유씨세가(鄭州柳氏世家)는 정주의 제일 큰 무림세가로 유씨세가라는 명칭보다는 정주유검가(鄭州柳劍家)나, 정주제일가로 더 많이 알려져 있다.

역사를 따지더라도 삼백 년이 훨씬 넘어 다섯 문파 중에서 제일 길었다.

그 긴 세월 동안 풍파도 많았지만 그때마다 가문의 온 식솔들이 일치단결하여 그 파도를 헤쳐 왔고 오늘에 와서는 정주제일가로 군림하게 되었다.

현 정주유검가의 가주는 방년 오십이세의 유세천(柳洗天)으로 별호는 천룡검객(天龍劍客)이었다.

그의 검법은 한 마리 용이 비상하듯 웅혼하고 정심박대하여 천룡이라는 단어가 과하지 않다고 사람들이 입을 모았다.

그는 가문의 독문검법인 진혼사십팔검(鎭魂四十八劍)을 익혀 정주는 물론 하남성 전체에서도 열 손가락 안에 드는 절정의 고수였다.

특이한 것이 있다면 가주가 된지도 벌써 오 년이 넘었지만 아직까지 가문의 독문검법에 십 성의 성취를 이루지 못하고 구 성에 머물고 있다는 것이다.

구 성과 십 성은 숫자상으로는 한 단계지만 그 성취에 있어서는 경우에 따라서 몇 배에 가까운 차이를 보이기도 한다.

십 성은 완성된 상태로 지금까지 이룬 일 성에서 구 성까지의 성취를 하나로 합쳐 재탄생시키는 경지라 할 수 있다.

이 경지에 도달해야만 자신만의 심득을 얻어 십이 성에 이르는 절대고수가 될 수 있다.

진혼사십팔검은 워낙 정심박대하고 난해한 검법인지라 가문이 창건한 이래 단 두 명만이 십 성에 이르는 성취를 이루었을 뿐, 최근 백오십 년 동안은 아무도 그 경지에 이르지 못했다. 또한 이제껏 십이 성에 이른 사람은 한 사람도 없었다.

삼백 년이라는 긴 역사 속에 십이 성의 대성을 이룬 사람은 한 사람도 없었고, 십 성의 성취를 이룬 사람도 겨우 두 사람 뿐이라면 수치스러운 수준이라고도 하겠지만 정주유검가에 서는 누구도 그것을 부끄럽게 생각하지 않았다.

뿐만 아니라 정주유검가에 대해 조금이라도 아는 사람들 이라면 누구나 마찬가지였다.

그만큼 진혼사십팔검은 난해하고도 무거운 검법이었 다.

단 구 성의 성취만으로도 하남성 전체에 있어서 명성이 자 자한 고수라는 사실이 그것을 반증해 주기도 했다.

하지만 언젠가는 진혼사십팔검을 십이 성 대성한 사람이 나와 하남성 제일의, 더 나아가 중원에서 손꼽히는 고수가 되 고, 유씨세가는 정주제일가에서 하남제일가로, 중원십대세가 로 발돋움하는 것이 정주유검가의 최대 숙원이었다.

그 숙원을 이루기 전까지는 유검문으로 불리는 것을 마다 하며 스스로 유검가로 부르고 있었다.

한때 그 숙원이 풀릴 것이라는 기대가 온 가문을 뒤덮은 적 이 있었다.

벌써 이십 년이 넘은 옛 이야기였다.

가주 유세천에게는 아래로 네 명의 남동생이 있었다.

그들의 이름은 유세용(柳洗龍), 유세진(柳洗鎭), 유세강(柳洗 強), 유세연(柳洗然)인데 그중, 막내 동생인 유세연은 어릴 때 부터 천재 소리를 들을 정도로 두뇌가 명석하고 무공에 대한 소질도 천부적이었다.

그는 장남 유세천과는 열 살이나 나이차가 났지만 스무 살 때에 벌써 가문의 독문검법인 진혼사십팔검을 팔 성까지 깨우치고 구 성을 향해 치달리고 있었다.

가문의 어른들은 그의 놀라운 성취 속도를 보며 서른이 되기 전에 십 성에 이르고, 마흔에는 십이 성을 이루어 가문의 숙원을 풀어줄 것이라는 확신에 가까운 기대를 하고 있었다.

당사자인 유세연 역시 삼백 년에 이르도록 달성하지 못한 십이 성의 경지를 자신이 이루어야 한다는 사명감을 어깨에 짊어지고 하루도 허술하게 보내지 않고 검술 연마에 매진했다.

그러나 천부적인 자질을 가지고 태어난 그에게도 십 성의 경지는 어려웠다.

팔 성의 경지에 이른 스무 살에서 이 년 만에 구 성의 경지를 넘어섰지만 십 성으로 가는 길목에서 그는 엄청난 장벽을 느끼고는 잠시 여유를 갖기로 했다.

이제껏 가문의 연공실에서만 수련을 하던 그는 그곳을 벗어나 중원을 여행하기로 결심하고 그 뜻을 당시 가주였던 부친 유현승(柳鉉承)에게 밝혔다.

물론, 부친은 반대하지 않았다.

자신도 젊은 시절 무수히 경험한 일이었다.

그럴 때마다 그 역시 집을 뛰쳐나가 강호를 방황한 적이 있었기에 막내아들의 심정을 십분 이해했다.

가문의 어른들 역시 마찬가지였다.

스물두 살 때까지 가문에만 갇혀 있던 그가 바깥바람을 씌우러 나간다는 사실에 모두 환영하며 보표를 자처하는 사람도 여럿 있었다.

그러나 유세연은 그런 호의들은 거절하고 혼자서 바람처럼 강호를 유람하기를 원했다.

총명하고 신중한 성격과 함께 무공면에서도 이미 진혼검법을 구 성까지 터득한 그였기에 그의 단독 여행을 걱정하는 사람은 아무도 없었다.

유일하게 가주의 모친이자 그의 조모인 연화(蓮花) 대부인만이 그것을 반대했다.

그녀는 일찍 어머니를 여읜 유세연을 업어 키우며 어머니를 대신했기에 유세연이 장가를 들어 증손자를 안겨주기 전까지는 나갈 수 없다고 고집을 피웠다.

그러나 그것은 손자를 지나치게 사랑하는 그녀의 집착일 뿐, 손자의 장래를 위해서는 도움이 되지 않는다는 것을 너무도 잘 알았기에 며칠 지나지 않아 그녀마저도 허락을 하였다.

연화 대부인의 허락이 떨어지자 유세연은 검 한 자루만 들고 훌쩍 여행길에 올랐다.

그러나 그것이 그의 마지막 모습이 될 것이라고는 아무도 예상하지 못했다.

유세연은 여행길에 오른 지 일 년 만에 싸늘한 주검이 되어 돌아왔다.

사인은 한 자루 검에 심장이 꿰뚫려 즉사를 한 것이었다.

유세연의 시신을 대한 정주유검가는 발칵 뒤집혔다.

가문 최고의 기재이자 가문의 오랜 숙원을 풀어줄 것이라 믿어 의심치 않았던 유세연이 싸늘한 시신으로 돌아온 것은 가문의 대들보가 무너진 것과 마찬가지였다.

정주유검가는 유세연의 성대한 장례식을 준비하는 것과 동시에 유세연의 시신을 세세히 조사하며 흉수를 찾기 위해 최선을 다했다.

그러나 유세연의 심장을 관통한 검상은 너무나 평범했다.

삼재검의 수법 같기도 했고, 팔방풍우의 눈먼 검초에 당한 것 같기도 했다.

정주유검가는 극심한 혼란에 휩싸였다.

이미 진혼검법을 구 성까지 익힌 유세연의 무공이라면 하남땅에서도 적수가 얼마 없을 터였다. 그런 사람의 가슴을 정통으로 꿰뚫을 수준이라면 초상승의 검법이어야 한다. 그렇다면 이해할 수도 있었다. 검을 쥐고 사는 무인인 이상 자신

보다 강한 자에게는 그렇게 꺾일 수밖에 없는 운명이기
에…….

그런데 유세연 같은 고수가 너무나 평범한 검초에 당해서
죽었다는 것은 도저히 납득이 가지 않았다.

또한 그런 연유 때문에 흉수를 찾는 것은 거의 불가능했다.

정주유검가에서는 근 일 년에 걸쳐 흉수를 찾기 위해 막대
한 인력과 돈을 쏟아부었지만 아무런 증거도 찾지 못한 채 가
문 제일기재를 가슴에 묻어야만 했다.

그리고 이십 년이 되어가는 지금까지도 흉수는 찾지 못했
다.

"콜록! 콜록!"

정주유검가의 안채 한 곳에서 백발이 성성한 노파가 심한
기침을 토했다.

가을로 접어들어 찬바람이 돌기 시작하자 기침은 더 심해
졌다.

하지만 노파의 기침은 계절적인 이유 때문이 아니었다.

그랬다면 미리 지어먹은 값비싼 보약으로 효력을 보아야
했다.

노파의 기침은 가슴에 맺힌 한이 터져 나오는 것이었다.

노파는 정주유검가의 연화 대부인이었다.

그녀는 정주유검가의 가주인 유세천의 조모이자 현 정주

유검가의 최고 어른이었다.

또한 그녀는 정주유검가 최고의 기재였던 유세연을 업어 키운 어머니나 마찬가지인 사람이기도 했다.

올해 세수 구십에 이른 그녀는 백발마저도 성성하게 빠져나갔지만 눈빛만큼은 젊은 여인 못지않게 맑고 힘이 있었다.

그것은 그녀가 무가의 여식으로 태어나 어릴 때부터 무공을 수련한 덕택이었다.

"콜록! 콜록!"

연화 대부인은 다시 바튼 기침을 토해냈다.

"모진 놈의 인생!"

손수건으로 입술을 훔친 연화 대부인은 탄식처럼 중얼거렸다.

손자이자 아들이었던 유세연을 잃은 후 그녀의 가슴은 썩어 들어갔고 그때부터 지금까지 하루도 쉬지 않고 심한 기침에 시달렸다.

"전생에 무슨 죄를 많이 지었기에 큰 며느리를 먼저 보내고, 막내 손자마저 잃은 채, 이 나이가 되도록 죽지도 않고 한 많은 생을 유지한단 말인가?"

연화 대부인은 한탄을 토하며 창문 밖을 내다보았다.

가을이 시작되며 나뭇잎들이 서서히 홍엽으로 변하기 시작했다.

가을이 되면 손자 유세연에 대한 생각이 더욱 간절했다.

유세연은 유독 가을을 좋아하여 가을이면 하루도 쉬지 않고 매진하던 수련을 잠시 멈추고 며칠 단풍놀이를 하기도 했다.

그럴 때는 꼭 할머니이자 어머니나 마찬가지인 연화 대부인을 모시고 갔다.

살아 있었다면 올해도 분명히 그렇게 했을 것이다.

"천금 같은 내 새끼, 만금 같은 내 새끼……."

주르르—

연화 대부인의 눈에서 눈물이 흘러내렸다.

이십 년이 다 되어가니 이젠 잊힐 만도 하건만 손자 유세연에 대한 그리움은 퇴색되지 않았다.

어머니 얼굴도 모르는 유세연이 어려서부터 어머니처럼 자신을 따랐기에 생의 종착역이 가까워질수록 오히려 그 기억만은 새롭게 되살아나고 있었다.

"이제 조금만 더 기다리거라. 그러면 만나게 될 것이다."

연화 대부인은 눈물을 훔치며 중얼거렸다.

세수 구십이 되었으니 이젠 살 날도 얼마 남지 않았다. 몇 년 후 생이 다하여 저승으로 가면 손자를 만날 수 있을 것이다.

"그런데 날 알아보기나 할까?"

그것이 유일한 걱정이었다.

"알아볼 것이야. 알아보고말고. 얼마나 효성스런 손자였는데."

하염없이 눈물을 흘리던 연화 대부인은 밖에서 들리는 인기척에 얼른 눈물을 훔치고는 옷매무시를 골랐다.

"어머님!"

전대 가주이자 큰 아들 유현승의 목소리였다.

"들어오시게."

연화 대부인은 자세를 바로잡으며 태상가주를 맞았다.

유현승은 며느리와 함께 안으로 들어왔다.

올해 칠십이 넘은 아들 역시 백발이 성성한 노인이었다.

며느리 역시 반백이었으나 아들만큼은 아니었다.

지금 아들과 같이 온 며느리는 유세연의 어머니가 죽고 나서 다시 얻은 여인이었다.

유세연의 어머니이자 첫 며느리는 문가의 여식으로 성품이 온화하고 후덕했지만 후처인 지금 며느리는 무가의 여식으로 성격이 불같고 편협한 구석도 있었다. 그래서 연화 대부인은 평소 그녀를 탐탁하게 여기지 않았다.

또한 그녀가 새 며느리로 들어와 딸밖에 낳지 못한 것이 한몫하기도 했다.

"잔치 준비가 다 되었습니다. 그만 자리에 오르시지요."

유현승은 환하게 웃는 얼굴과 함께 말했다.

오늘은 연화 대부인의 구십 회 생신이었다. 그래서 정주유

검가에서는 가문 최고 어른의 구십 회 생신연을 위해 며칠 전
부터 준비를 한 것이다.

"이 나이 되도록 살아 있는 것도 욕된 일이니 그만두라고
하지 않았던가?"

연화 대부인의 음성에서 은근한 노기가 묻어났다.

삶보다 죽음이 더 친근한 나이인 연화 대부인으로서는
자신의 생신연이니, 장수를 비는 의식 따위는 부질없었다.
아니, 오히려 귀찮고 욕되게 느껴지기까지 했다. 그러나
가문의 후손들은 그게 아니었기에 해가 갈수록 잔치는 더
욱 성대했다. 이번에는 구십 세 생신 잔치였기에 더욱 그
랬다.

"그게 무슨 말씀입니까, 어머님. 어머님의 무병장수는 저
희의 복이고 광명입니다. 어서 참석하셔서 영광된 자리를 빛
내 주시지요."

며느리 구진화(具眞華)가 머리를 조아리며 말했다.

젊은 시절이었다면 그런 며느리의 가식적인 모습에 고함
부터 질렀겠지만 이제 같이 늙어가는 처지인지라 연화 대부
인은 말없이 쳐다보기만 했다.

"어서 가시지요, 어머님!"

아들 유현승이 한 번 더 재촉하자 연화 대부인은 낮은 신음
과 함께 힘겹게 노구를 일으켰다.

"할머님의 만수무강을 기원합니다!"

"중조 할머님의 만수무강을 기원합니다!"

연화 대부인이 마련된 자리에 앉자 그녀의 구십 회 생신을 축하하는 목소리가 온 대전 안에 울려 퍼졌다.

연무장을 연상케 하는 큰 대전에서는 정주유검가의 모든 식솔들은 물론이고 정주의 이름 있는 가문에서 온 축하객들이 입추의 여지없이 앉아 있었다.

가주 유세천이 깊이 읍을 하자 그의 세 형제들과 그 아들, 딸들이 같이 읍하며 연화 대부인의 생신을 축하했다.

연화 대부인은 가볍게 고개를 끄덕이며 자손들의 축하를 받았다.

그런 그녀의 눈은 태상가주의 넷째 아들 유세강의 옆에 머물러 있었다.

그곳은 가주의 막내 아들 유세연의 자리였다.

살아 있다면 유세연은 그 자리에서 부인과 아들, 딸들을 데리고 할머니이자 어머니인 자신의 생신연을 누구보다 큰 소리로 축하해 줄 것이다.

또한, 그가 살아 있다면 연화 대부인 역시 세상 누구보다 즐겁게 축하를 받을 것이다.

"할머님, 어서 잔을 비우시지요. 그래야 우리 조손들도 잔을 들 게 아닙니까."

가주 유세천이 호탕한 음성으로 잔을 권했다.

유세강의 옆자리에서 시선을 거둔 연화 대부인은 손에 든 잔을 입으로 가져갔다.

연화 대부인이 천천히 잔을 비우자 모든 후손들이 같이 잔을 비우며 함성을 질렀다.

그렇게 연화 대부인의 구십 번째 생신연은 막이 올랐다.

잔치가 한참 무르익으며 증손자 중 한 명이 나서서 검무를 추는 순서가 되었다.

올해에 검무를 출 증손자는 유병학(柳昞鶴)으로 그는 가주 유세천의 바로 아래 동생인 유세용의 아들이었다.

올해 나이 스물 여섯 이었는데 연화 대부인의 증손자 중에서는 가장 검술이 뛰어났다. 그래서 검무를 추는 자격을 얻은 것이다.

"증조할머니, 소 증손 할머님의 생신을 맞이하여 재롱을 한번 부려보겠습니다. 그러니 많이 부족하시더라도 꾸짖지 마시고 지켜봐 주십시오."

유병학은 연화 대부인을 향해 깊이 읍을 한 후 검을 들고 천천히 춤을 추기 시작했다.

처음에는 자세를 잡듯 천천히 움직이던 그의 검무는 조금씩 속도를 더해갔고 마침내는 그 이름처럼 혼이 떨릴 정도로 빠르고 유장하게 펼쳐졌다.

사십팔식의 검무가 종반부로 치달려가자 유병학의 얼굴에

서는 굵은 땀이 흘러내리기 시작했다. 그러나 그는 전혀 의식하지 못한 채 검무의 종반부를 더욱 세심하게 펼쳐 나갔다.

"와하하!"

검무가 거의 마무리되려는 찰나, 하객들이 앉은 자리 한 곳에서 일장대소가 터져 나왔다.

호쾌한 듯했지만 어딘지 모르게 비웃음이 섞인 웃음소리였다.

검무는 마무리 직전에서 중단되고 모든 사람의 시선이 웃음소리가 난 곳으로 모아졌다.

"하하하하!"

중인들의 시선이 집중된 곳에서 다시 웃소리가 터져 나왔다.

아까보다는 작은 소리였지만 온 장내로 울려 퍼지기에는 부족함이 없었다.

"어이쿠, 이거 송구스럽습니다."

웃음을 터뜨린 인영이 얼른 자리에서 일어서서 머리를 숙이며 사죄를 했다.

키가 크고 체격도 바위처럼 단단하게 보이는 중년인이었다.

또한 얼굴에도 바늘같이 거친 수염이 돋아나 마치 산적처럼 느껴졌다.

그는 진호방의 방주 호정무(湖丁武)의 동생인 호정덕(湖丁德)이었다.

진호방은 정주에 자리한 다섯 개의 거대방파 중에서 천가보와 함께 흑도에 더 가까운 곳이었다. 그러나 표면적으로는 정도방파로 활동하고 있었으므로 연화 대부인의 구 십회 생신연에 참석한 것이다.

"호 대협은 뭐가 그리 우스워서 이런 결례를 저지르시는지요?"

옆에 앉은 중년인이 노골적으로 불만의 표정을 지으며 목소리를 높였다.

그는 청운도장의 장주 이윤명(李潤銘)이었다.

청운도장은 정주에서 제일 큰 무관으로 역사는 길지 않았지만 장주 이윤명의 뛰어난 무술실력과 노련한 운영으로 수련생의 수가 오백에 이르렀고 최근에 이르러서는 정주의 오대 방파에 이름을 올리고 있었다.

청운도장주 이윤명은 평소 오랜 역사를 지닌 정주유검가에 대해 깊은 공경심을 가지고 있었고 가주 유세천과는 호형호제하는 사이였으므로 호정덕의 오만한 행동에 대해 당장이라도 출수할 듯한 기세였다.

"하하! 정말 미안하외다. 청년이 춘 검무가 너무 허술해서 나도 모르게 그만……. 하하하!"

호정덕은 말로는 사죄를 거듭했지만 그 말을 사죄보다

는 오히려 유검가를 능멸하는 수준이었고 노골적인 시비
였다.

　"대체. 무슨 근거로……."

　이윤명이 다시 고함을 치려다 유검가의 가주 유세천이 손
을 들어 올리자 억지로 입을 다물었다.

　"호 대협께서는 내 조카의 검무 어느 곳이 그렇게 허술해
보였는지요."

　유세천은 조금도 평정심을 잃지 않고 차분한 음성으로 질
문을 던졌다.

　하늘에서 금덩이라도 떨어졌는지 최근 급격히 세를 불려
나가는 진호방은 그 안하무인이 도를 넘고 있었다.

　평소에도 방주를 비롯한 간부들과 방도들의 언행이 방종
하여 흑도의 문파로 여겨지고 있었는데 최근 세를 불리면서
노골적으로 인근 군소문파들을 핍박했다. 그리고 정주유검
가를 대신하여 자신들이 정주제일가로 불려야 한다는 말을
공공연히 하고 다녔다.

　그런 속내를 품고 있던 그들이 오늘 정주유검가의 잔치를
맞아 시비를 걸고 있는 것이다.

　"뭐 특히 어느 부분이라고 할 것은 없고, 전체적으로 그렇
다는 얘기지요. 전체적으로 힘이 너무 들어가 흐름이 부자연
스러웠다고나 할까요. 정주유검가의 진혼사십팔검이라면 아
무리 검무라도 그렇게 펼쳐서는 안 되지요."

　호정덕은 날카로운 눈매로 검을 들고 서 있는 유병학을 쳐다보며 답했다.

　'으음!'

　호정덕의 대답에 가주 유세천은 속으로 신음을 삼켰다.

　놀라운 일이지만 지금 호정덕이 한 지적은 무척이나 정확했다.

　유세천이 느끼기에도 조카 유병학의 검무는 없지 않아 그런 면이 있었다.

　막내동생 유세연은 지금 유병학보다 어린 나이에 진혼검법의 성취가 구 성에 이르렀지만 그 이후 가문의 후손들은 지극히 평범했다.그나마 조카 유병학이 또래 중에서 제일 뛰어난 성취를 보이고 있었지만 진혼사십팔검의 성취는 아직 오 성밖에 깨우치지 못한 상태였다. 그래서 그의 검법은 힘이 너무 들어가고 몇 군데서 검로가 단절되는 느낌마저 받았다.

　하지만 외인들이라면 결코 쉽게 알아볼 수 없는 것이었는데 그것을 진호방의 호정덕이 정확히 지적하고 있었다.

　'대체 이자는?'

　유세천은 잠시 대꾸를 미루고 호정덕을 쳐다보기만 했다.

　호정덕의 무공 수준은 이미 알고 있는 상태다.

　그는 그의 형인 진호방주 호정무에 비하면 한 수 아래였고 유세천 자신과 비교하면 서너 수는 아래였다. 그런 정도 니만큼 유병학의 검무를 그렇게 정확히 파악할 수준이 아니 었다.

자신이 아는 한 그랬다.

그런데 방금 그의 말은 반박을 할 수 없을 정도로 정곡을 찌르고 있었다.

그것은 최근 호정덕의 무공 수위가 급상승했거나 누군가 다른 사람이 지적을 한 것을 그대로 내뱉은 것일 수도 있었 다.

유세천은 빠르게 호정덕 주변을 훑었다.

호정덕 옆으로 스물쯤 되어보이는 여인이 자리하고 그 옆 으로는 호정덕보다 나이가 작아 보이는 장정들이 자리했다.

여인은 익히 아는 얼굴이었다.

진호방주 호정무의 딸로 천방지축에 남의 집 잔치나 무림 대회라면 혼자서라도 참석하는 성격의 여인이라 안면이 있었 다. 그리고 호정덕 옆에 있는 장정들은 불량기가 완연해 보이 는 자들로 그의 부하들이 분명했다.

'저자!'

유세천의 눈이 순간적으로 날카롭게 빛났다.

흑의 유삼을 단정하게 차려입은 청년!

아니, 청년이라기에는 나이가 좀 들어 보이는, 서른 정도의 사내였다.

그는 한눈에 보아도 호정덕 일행과는 전혀 어울리지 않는 이질적인 분위기를 풍기고 있었다.

비록 호정덕의 부하들과 똑같은 흑의 유삼을 차려 입었지만 그는 수많은 닭들 사이에 있는 수리부엉이처럼 두드러졌다.

아마도 저놈이 호정덕에게 조언을 하고, 호정덕은 그대로 따라 한 것이 틀림없다.

유세천의 시선이 자신에게로 머무는 것을 느꼈는지 청년이 고개를 돌렸다.

번쩍!

유세천과 청년의 시선이 허공에서 얽혔다.

단번에 자신의 정체가 드러나자 청년이 약간 당황하는 모습을 보였다. 하지만 이내 담담한 표정으로 돌아갔다.

청년과 눈을 마주친 유세천도 순간적으로 가슴이 서늘해지는 기분이었다.

뱀처럼 차가운 눈빛이라는 말은 이런 경우에 쓰는 말이리라.

청년의 눈빛은 그야말로 먹이를 노릴 때의 뱀처럼 차갑고 날카로웠다. 그러면서도 깊숙이 가라앉아 있었다.

'대체 뭐하는 놈인가?'

유세천은 청년의 눈빛을 좀 더 탐색하고 싶었지만 찰나의 순간 눈을 마주친 청년은 이내 시선을 돌렸다.

"당신 눈에는 동태껍질이 덮여 있는 것이오? 아무런 문제
가 없는 검무에 웬 트집이오."

유검가의 식솔들이 앉아 있는 자리에서 격노한 음성이 터
졌다.

유검가 가신 가문 중 한 곳인 정씨가의 가주 정사일(鄭史
日)이었다.

정주제일가인 유검가에는 세 개의 가신 가문이 있었는데
정씨 가문과 목(木)씨 가문, 그리고 서(徐)씨 가문이었다.

그들은 수십 년 전부터 유검가에서 흥망을 같이하며 번성
하여 정씨 가문은 이젠 독립을 해도 될 만큼 성장했다. 실제
로도 정씨 가문은 가주 유세천의 지원 아래 독립을 준비하고
있었다.

만약 그들이 독립을 한다면 머지않아 정주에서 열 손가락
안에 드는 가문으로 성장할 것이다.

그런 위치에 있는 정씨가의 가주 정사일은 호정덕의 오만
불손한 행위를 절대로 참을 수 없는 것이다.

"남의 눈에 덮인 명태껍질 걱정 하지 말고 자신 눈이나 걱
정하시게. 유세연 이후 유검가는 쭉정이들만 모였군."

호정덕의 말에 유검가의 모든 식솔들은 비명을 지를 듯한
표정을 지었다.

유세연의 죽음과 그 흉수를 아직도 찾지 못한 것은 유검가
의 가장 큰 상처였다. 그리고 유검가를 아는 사람들이라면 그

누구도 그 상처를 건드리지 않았다.

그것은 역린을 건드리는 것이나 마찬가지였다.

그야말로 호정덕은 유세천의 목에 검을 갖다 댄 것이나 마찬가지의 도발을 감행한 것이다.

챙—

챙!

분기를 이기지 못한 청년들이 일제히 검을 뽑아 들었다.

유검가의 자손들과 가신 가문의 자손들이었다.

혈기왕성한 그들은 이 자리가 어떤 자리인지도 의식하지 못한 채 검부터 빼 들었다.

그들이 검을 빼 들자 호정덕은 비릿한 미소와 함께 눈짓을 했다.

쨍!

챙!

호정덕의 부하들도 즉시 검을 빼 들었다.

그야말로 연화 대부인의 구십 번째 생신연이 순식간에 혈투의 장으로 바뀔 순간이었다.

"콜록! 콜록!"

일촉즉발의 순간에 폐부를 토해내는 듯한 기침이 터져 나왔다.

연화 대부인이었다.

잔칫상을 앞에 두고 겨우 멈추고 있던 그녀의 기침이 유세연이라는 이름과 함께 참지 못하고 터져 나온 것이다.

"콜록! 콜록!"

허파가 찢어질 듯 토해지던 기침이 이제는 숨을 막을 듯 터져 나왔다.

"하, 할머니!"

"증조 할머니!"

연화 대부인의 손자, 증손자들이 급히 연화 대부인에게로 다가가 그녀를 부축했다.

"검을… 거두고… 잔치를 파하거라… 어서! 콜록! 콜록!"

손을 내저으며 겨우 몇 마디 말을 내뱉은 연화 대부인은 더욱 심한 기침과 함께 앞으로 무너졌다.

"할머니!"

"증조할머니!"

유검가의 가족들이 모두 연화 대부인 곁으로 달려 왔다.

"어서 검을……."

앞으로 무너지면서도 연화 대부인은 손을 내저었다.

최근 급성장하며 호시탐탐 정주제일가의 자리를 노리던 진호방은 의도적으로 잔치에 참석해서 도발했다.

이곳은 그들로 따지자면 적지였다. 그런 만큼 싸움이 벌어진다면 압도적으로 그들이 불리했다.

하지만 그것은 전쟁터에서나 통하는 얘기였다.

이곳은 엄연히 정주유검가의 잔치였고 그들은 손님이었다.

잔치를 치르는 주인집에서 잔치에 참석한 하객에게 검을 휘둘러 상처라도 입힌다면 그 발단이야 어찌 되었든 주인집의 명성은 바닥으로 추락하고 차후 더 큰 분란의 원인을 제공한다.

진호방이 그것을 노리고 있다는 것은 불을 보듯 뻔한 일이다.

우선은 혈기를 주체하지 못하는 청년들을 물리고 차후 침착하게 대처하여야 한다.

"콜록! 콜록!"

연화 대부인은 더욱 심하게 기침을 토했다.

그녀의 기침에서는 이제 선혈까지 섞여 있었다.

"어서, 어서 검을 거두어라. 그리고 할머님을 안으로 모셔라!"

연화 대부인의 의도를 읽고 있던 유세천이 청년들을 향해 고함을 질렀다.

당장에라도 검을 휘두를 듯 분개한 청년들이었지만 연화 대부인의 피를 토하는 기침에 마음이 바위처럼 가라앉은 상태였다.

전쟁터였더라면 사기가 떨어져 전멸을 면치 못할 상황이었지만 다행히 이곳은 전쟁터도 아니었고 불같이 끓어오르는 사기는 오히려 불필요한 곳이었다.

청년들은 입술을 깨물며 하나둘 검을 검갑에 도로 집어넣었다.

"하하하!"

호정덕이 다시 대소를 터뜨렸다.

그런 그의 얼굴에는 불만의 기운이 어렸다.

한 번만 더 유세연의 이름을 거론하며 도발을 했으면 유검가의 청년들이 검을 휘두를 것이고, 그럼 도발을 할 구실을 얻을 텐데 같이 온 청년이 미미하게 고개를 흔들어 그를 제지한 것이다.

청년의 의도가 무엇인지는 모르겠지만 오늘은 전적으로 그의 지시를 따라야 하는 입장이니 어쩔 수가 없었다.

"요즘 유검가에서는 손님 접대도 엉망이군. 그런 곳에는 더 이상 있을 필요가 없지. 모두 돌아간다."

호정덕은 벌떡 몸을 일으켰다. 그러자 그를 따라왔던 부하들도 신형을 일으켰다.

"숙부님!"

호정덕과 동행한 사람 중 유일안 여인인 호유선(湖柔鮮)만이 울상이 되어 이러지도 저러지도 못하고 앉아 있었다.

억지로 떼를 써서 따라온 그녀는 상황이 왜 이렇게 되었는지도 짐작하지 못한 채 한창 무르익는 잔치에서 몸을 빼내야 한다는 것이 속상할 뿐이었다.

조금만 더 있으면 검무가 끝나고 자유스런 주연(酒宴)이 벌어질 터였다. 그럼 정주 곳곳에서 온 후기지수들과 어울리며 한껏 교태를 뿌릴 수 있었는데 그 기회가 일시에 무산되니 울고 싶은 심정이었다.

"어서 가자!"

호정덕이 호유선을 향해 고함을 쳤다.

서슬 퍼런 숙부의 눈빛에 호유선은 더 이상 미적거리지 못하고 몸을 일으켰다.

진호방 무리가 모두 사라지자 토할 듯 기침을 하며 무너졌던 연화 대부인이 몸을 추스렸다.

앞섶을 적신 선혈과 함께 쓰러질듯 위태로웠지만 그녀의 눈빛은 그 어떤 때보다 형형하게 빛나고 있었다.

"어리석은 놈!"

제일 먼저 검을 뽑은 청년을 향해 나지막하게 질책을 한 연화 대부인은 유병학을 쳐다보았다.

"검무를 다시 추거라!"

연화 대부인은 기침이 섞이지 않은 또렷한 음성으로 말했다. 조금 전까지 피까지 토하며 기침을 하던 모습과는 극히 대조적이었다.

'할머니……!'

가주 유세천은 속으로 탄식을 하며 눈을 질끈 감았다.

큰 혈투로 번지고 아수라장이 될 수도 있었던 상황이 연화

대부인의 초인적인 의지로 무마되고 아무 일 없었던 듯 연회
는 다시 계속되는 것이다.

단 한 사람의 힘이 가문을 위기에서 구해내는 순간이었
다.

"그럼 소중손 다시 검무를 추도록 하겠습니다."

한순간 무언가를 느낀 유병학은 아까보다 더 깊이 읍을 한
후 검무를 추기 시작했다.

넘실!

넘실!

연화 대부인의 행동에서 큰 감명을 받은 유병학은 눈을 지
그시 감은 채 검무를 펼쳐 나갔다.

그의 검무는 조금 전에 비해서 처음부터 확연히 달랐다.

처음부터 힘이 들어갔던 먼저의 검무에 비해 마치 팔에
얹혀 있던 돌을 치워 버린 것처럼 가벼웠다. 또한 무거움
으로 인해 끊어졌던 검로들이 면면부절 부드럽게 이어졌
다.

휘리릭!

휘익!

검무의 속도가 점점 더 빨라졌다. 그러나 유병학의 동작은
더 자유롭고 더 부드러웠다.

그는 지금 무아의 경지에 몰입하여 검무를 추고 있었다.

순식간에 유병학의 검무는 그동안 막혀 있던 오 성의 경지

를 뚫고 육성의 종반을 향해 치달렸다.

"와하하하!"

검무를 마친 유병학은 대소를 터뜨렸다.

한 단계 높은 깨달음을 얻었을 때의 희열을 참지 못한 무인의 통쾌한 웃음이었다.

"축하하네."

"축하한다."

"축하드립니다, 형님!"

가문의 어른들과 동생들이 이구동성으로 유병학의 성취를 축하했다.

그야말로 화가 복으로 변하는 전화위복의 경우였다.

그것을 시작으로 정주유검가의 잔치는 좀 전의 아찔했던 상황은 모두 잊어버리고 오히려 더 흥겹게 진행되었다.

"콜록! 콜록!"

잔치가 끝나고 처소로 돌아온 연화 대부인은 참았던 기침을 토해냈다.

호정덕의 더러운 입에서 막내손자 유세연의 이름이 거론되는 순간 터져 나온 기침은 절대로 거짓이 아니었다. 그때는 가슴이 미어지는 느낌과 함께 기침이 발작적으로 터져 나왔다.

그러나 놈이 어떤 의도로 도발을 하는지 충분히 짐작이 갔기에 터져 나오는 기침을 오히려 역이용하여 장내의 분위기를 반전시켰다. 그리고는 호정덕 일행이 돌아간 후 온 힘을 다 해 기침을 참았다.

고맙게도 아무리 참으려고 해도 참아지지 않던 기침이 그때는 참아졌다.

이제 긴장이 풀리자 다시 발작적으로 기침이 터져 나왔다.

"어머님……."

태상가주 유현승이 주르르 눈물을 흘리며 연화 대부인을 쳐다보았다.

가주와 자신도 하지 못했던 일을 구십 노구의 어머님이 해냈다. 어머니가 아니었으면 가문은 오늘부로 피바람에 휩싸였을 것이다.

너무 고마우면서도 또 너무 송구했다.

할 수만 있다면 저 심한 기침을 자신이 대신하고 싶었다.

"콜록! 콜록!"

유현승이 연화 대부인의 등과 가슴어림을 몇 번이고 두드렸지만 그녀의 기침은 잦아들지 않았다.

"수혈을 짚어드리겠습니다, 어머님."

보다 못한 유현승이 마지막 제안을 했다.

수혈을 짚어 잠이 들면 기침은 멈추었다. 그러나 워낙 연로하셔서 그런 처방은 자칫 위험할 수도 있었다.

"그렇게…… 하게."

연화 대부인은 고개를 끄덕였다.

억지로 잠에 빠져들고 싶지 않았지만 아들이 안쓰러워하
는 모습을 더 이상 보고 싶지 않은 연화 대부인이었다.

유현승이 막 연화 대부인의 수혈을 짚으려는 순간, 밖에서
다급한 발자국 소리들이 들려 왔다.

"할머님!"

"증조할머니!"

목소리들은 뭔지 모를 격동에 휩싸여 있었다.

"무슨 일이냐?"

긴장한 표정의 유현승이 문을 열기도 전에 가주 유세천과
유세용, 그리고 손자들 몇 명이 거칠게 문을 열고 안으로 뛰
어들었다.

"대체 무슨 일들이냐! 어머님의 불편한 모습이 보이지도
않느냐?"

태상가주 유현승이 고함을 질렀다.

"이, 이것 좀 보십시오."

부친의 고함에도 아랑곳 않고 가주 유세천이 덜덜 떨리는
손으로 무언가을 내밀었다.

그것은 손바닥만 한 철패였다.

"이, 이것이!"

태상가주 유현승은 튀듯이 자리에서 일어나며 철패를 빼

앗아 들었다.

"이, 이게… 이게 대체 어디서 났느냐?"

유현승은 천장이 무너져라 고함을 질렀다.

가주 유세천이 가져온 것은 꿈에도 그리던 막내아들 유세연의 신패였다.

"어디, 어디 보자, 내 새끼!"

철패를 알아본 연화 대부인도 와락 노구를 일으키며 다가왔다.

이제까지 쉼없이 터져 나오던 기침이 어느 순간 거짓말처럼 멎어 있었다.

"대체, 대체 이것이 어디서 났느냐?"

연화 대부인은 온몸을 부들부들 떨며 가주 유세천을 쳐다보았다.

"조금 전 어떤 청년이 이것을 가져왔습니다."

유세천이 조심스럽게 답했다.

너무 놀란 나머지 청년이 누구인지, 그가 어떻게 이것을 가지고 왔는지 제대로 알아보지도 않고 달려 왔기에 면구스런 기분이 든 것이다.

"청년이라니? 어디, 어디… 그 청년은 어디 있느냐?"

연화 대부인은 온몸을 더 심하게 떨며 고함을 질렀다.

여전히 발작적인 기침은 터져 나오지 않았다.

"접객실에……."

콰앙—

 유세천의 말이 끝나기도 전에 연화 대부인은 부서져라 문
을 열고는 접객실을 향해 달려갔다.

『무정철협』 4권에 계속…

2012년 겨울, 전율적인 무협이 찾아온다!
정통 무협의 대가, 백야.
이번에는 낭인의 이야기로 돌아오다!

「낭인천하」

어린 아들 둘을 이끌고 유주에 나타난 낭인, 담우천.
정체를 알 수 없는 낭인의 발걸음에 잠자고 있던 무림이 격동하기 시작한다.

앞을 가로막는 자, 베리라. 내 가족을 노리는 자, 처단하리라!

사랑하는 아내의 손을 잡는 그날까지
한겨울 매서운 삭풍을 뚫고
낭인의 무(武)가 천하를 뒤흔든다!

유행이 아닌 자유추구 -
WWW.chungeoram.com
Book Publishing CHUNGEORAM

THE TOWER OF BABEL

바벨의 탑

FANTASY FRONTIER SPIRIT

푸른 하늘 장편 소설

「현중 귀환록」 작가의 놀라운 귀환!
새시대를 열 강렬한 현대물이 등장하다!

극서의 사막을 헤메다 만난 버려진 기지.
그를 기다리던 것은… 차원을 넘는 게이트!

「바벨의 탑」

하늘에 닿기 위해 건설되었다가 신의 노여움을 사 무너진 바벨의 탑.
그 정체는 차원을 넘나드는 게이트였으니.

바벨의 탑의 유일한 주인이 된 진운!
그의 앞에 열리는 새로운 세상, 삶, 운명!

억압하는 모든 것을 부수고 나아가는
한 남자의 장렬한 이야기가 시작된다!

강렬함을 원하는가?
원한다면 읽어라!
『권왕강림』

주먹으로 마왕을 때려잡던 이계의 피스트 마스터, 카론!
나약한 왕따와 영혼이 교체되어 현대에 다시 태어나다!

"앞을 가로막는 자는 때려눕힌다!"

맨손으로 불평등한 세상을 평정할
위대한 권왕의 이름을 기억하라!

권왕 상두 강! 림!